Khalil Gibran

ARA' IS AL MURUDJ

纪伯伦全集（第一卷）·阿拉伯文卷

草原新娘

ARA'IS AL MURUDJ

〔黎〕纪伯伦 著　关偁 译

全国百佳出版社
中央编译出版社
Central Compilation & Translation Press
CCTP

纪伯伦自画像

纪伯伦自绘作品插图

纪伯伦自绘作品插图

融会东西　别具一格

关　偁

　　纪伯伦·赫利勒·纪伯伦是 20 世纪东方和西方公认的杰出诗人和画家。他创建了阿拉伯浪漫主义和象征主义流派，开辟了通向新文学的道路，影响了几代人。纪伯伦是 20 世纪初阿拉伯海外文学的杰出代表，他独具一格的艺术风格，受到读者的广泛喜爱。

一　纪伯伦所处的时代

　　西方在 15 和 16 世纪已开始在科学、艺术、政治、社会、经济及其他方面奠定了复兴的基础。而相当长的一段时间里，阿拉伯东方几乎完全处于闭关自守状态。那里的人民生活十分贫困。在文学艺术领域，绝大多数人仿效古人，抱残守缺。阿拉伯的诗歌和散文，都一如死水，毫无生气。

　　16 世纪末和 17 世纪初，黎巴嫩的统治者前往意大利，学习和了解如何使自己的国家进步，并签订包括意大利向黎巴嫩派遣专家学者在内的各种条约。意大利人在黎巴嫩开办学校，同时也接受马龙派的子弟到罗马留学。随着交流的扩大和深入，黎巴嫩的复兴在阿拉伯国家之中是比较早的。

　　在埃米尔①拜希尔时期（1789—1840），黎巴嫩出现了文艺繁荣时期。这位统治者把自己的三宫变成作家和诗人聚会的场所，经常在

① 埃米尔是阿拉伯语，原意是统帅，后用以称国家统治者。

I

Khalil Gibran

那里举行讨论各种文学问题的聚会。

1860 年，黎巴嫩获得独立和自治，建立了省区制度。此后，各种学校建立，新闻报道有了一定的自由，文化得到普及。当时较著名的是外国的大学，如 1866 年成立的美国大学和 1874 年迁入贝鲁特的耶稣大学。1876 年，《文摘》杂志开始在黎巴嫩出版，随后又出现了若干家报纸。各种科学和文学的团体相继成立。1880 年，贝鲁特建立了东方图书馆，藏有各种珍贵典籍，藏书十分丰富。

所有这些推动了阿拉伯东方、特别是黎巴嫩科学和文化的进步，唤起了阿拉伯人的爱国主义和民族主义精神，激起人们反对暴虐、追求自由的斗志。

东方知识分子了解了西方文化及其政治制度和科学文明，开始批评在旧传统束缚下的东方社会。当时，阿拉伯东方处于落后愚昧的状态中，经济萧条，精神生活贫乏，妇女处于无权地位。连年的战乱犹如雪上加霜，给黎巴嫩的社会生活带来了严重后果。西方文明固然为封建社会带来了震动，吹进了改革之风；但其消极的一面是给黎巴嫩社会带来不良影响，如社会道德的堕落，个人和家庭生活的腐败。一些文学家试图通过文学创作，抨击社会弊病，号召解放妇女，教育青年，推动社会前进。他们之中的杰出代表有布特卢斯·布斯塔尼和纪伯伦等。

二　纪伯伦生平及其家庭

1883 年 1 月 6 日，纪伯伦出生在黎巴嫩北部科奈特索达大雪山遥远的美丽山村布舍里。他父亲赫利勒·纪伯伦是贫穷的牧人，经常酗酒，打骂子女。他母亲卡米拉，先嫁给哈纳·阿卜杜·萨拉姆·拉赫曼，后随他去了巴西，在那里生下布特卢斯。拉赫曼逝世后，卡米拉带着儿子布特卢斯再嫁给赫利勒·纪伯伦。

纪伯伦八岁时，他父亲被捕入狱。他九岁时，被坠下的山石砸断了肩胛骨，造成右臂终生残疾。和当时黎巴嫩大多数家庭一样，纪伯纶一家生活困苦。在西方等各种思潮的冲击下,黎巴嫩社会结构迅速解体。许多人抱着对西方文明的幻想,离乡背井,迁往美洲地区。1895 年 6 月,卡米拉也携带着四个孩子——布特卢斯、纪伯伦及其两个妹妹苏尔妲和玛丽安娜,远涉重洋,来到美国波士顿,落脚在最为贫困的唐人街。布特卢斯在一家货栈干活,纪伯伦的两个妹妹则靠缝补贴补家用。

1895 年 9 月,纪伯伦开始在奥立佛·布里斯侨民小学学习。他喜爱美国作家的小说,开始阅读《汤姆叔叔的小屋》等作品。他还在一些画家的指点下,学习绘画。不久,他在文学和艺术方面的才华就展现了出来,在学校里有了“小画家”的雅号。一位女教师发现了他的才能,便把他介绍给著名诗人和艺术活动家法尔德·荷兰德·戴。戴鼓励他为一些书籍设计封面。

1898 年,纪伯伦只身回到黎巴嫩,在贝鲁特的希克迈学校学习四年。此间,他在《觉醒》杂志上发表了最初的诗作,同时和戴保持着联系,继续绘制封面。

1901 年,纪伯伦重返波士顿。从 1902 年 4 月 4 日至 1903 年 6 月 28 日这短短的一年多时间里,他的小妹妹苏尔妲、哥哥和他挚爱的母亲相继被病魔夺去了生命。这巨大的家庭悲剧给他的精神以极大的打击,使他倍感远离祖国和失去亲人的孤独与痛苦。

1903 年起,纪伯伦开始在阿拉伯文的《侨民报》上发表第一批散文诗作。1905 年,他在波士顿举行首次个人画展。一个叫玛丽·哈斯凯尔的女子学校校长十分赏识他的艺术天赋和对绘画的深刻理解。她同纪伯伦在共同的爱好、一致的见解的基础上,结下了深厚的友谊。哈斯凯尔后来资助他赴法国深造。

1908 年,纪伯伦来到巴黎,先后在几所绘画学院进修,并曾得到欧埃斯特·罗丹的指点。他在艺术上有了长足的进步。他创作的油画《秋》获得巴黎传统的春季绘画艺术展览的银奖。

纪伯伦游览了罗马、布鲁塞尔、伦敦等文化名城,访问了当地的名胜古迹,拓展了自己的艺术视野。他十分崇拜意大利文艺复兴时期的雕塑家、画家米开朗基罗。米开朗基罗的力作《大卫》——象征为正义而奋斗的力量——给了他极大的启迪。

在欧洲期间，他潜心研究西方文化，大量阅读各国的小说、散文和诗歌。他喜爱屠格涅夫、列夫·托尔斯泰等作家，并认为陀思妥耶夫斯基是最好的作家。他深受英国诗人艺术家威廉·布莱克的影响，以致罗丹及其朋友们称他为"二十世纪的威廉·布莱克"。

1910年，纪伯伦自法国返美。不久，他由波士顿移居纽约，栖身于艺术家聚居的贫民区——格林威治村。

1920年，纪伯伦和米哈伊尔·努埃曼等旅美的十位阿拉伯作家一起创建了笔会，纪伯伦任会长。"笔会"的会标为圆形，圆圈中有一本打开的书，书页上印有"上帝有一个人间的宝库，它的钥匙即诗人之舌。"

1931年4月10日，纪伯伦因患肺病，在纽约逝世。

三　纪伯伦的思想倾向

纪伯伦看到祖国的社会中存在着大量的不平等现象，认识到统治者凭借权力压迫人民，教会中的头面人物利用和歪曲宗教欺骗人民，统治者互相勾结攫取了社会上大部分财富。因此，他与统治者的权力和传统道德发生冲突，希望得到个性的解放，赢得民族和祖国的独立。

从巴黎回到美国后，他接触到德国哲学家尼采的著作。尼采关于暴力的主张引起他的共鸣，他便向一切信仰和宗教宣战。他揭露说，由于宗教界占统治地位的人蓄意歪曲，真实的耶稣已面目全非；他们所鼓吹的最高境界不过是虚妄和一无所有。他心目中的上帝是个纪伯伦式的诗人，富有感情并且宽宏大量。

纪伯伦崇拜自我和个人的意愿，同时把对自我的爱与对祖国的爱结合在一起。他说："我爱故乡，爱祖国，更爱整个大地。"他认为，祖国的自由应通过个人的反抗和欲望的满足来实现。他还主张摈弃一切人世权力，希望一切国家和民族都消失。他说："整个地球都是我的祖国，所有的人类都是我的乡亲。"他主张人们自由往来，所有的人共享地球上的财富。

在短篇小说集《草原新娘》等作品中，纪伯伦对贫苦人民寄予极大的同情，怒斥统治者有钱无心肝，发出"打倒暴政、奋起抗争"的呼声。在短篇小说集《叛逆的灵魂》中，他塑造了一群威武不能屈、立志创造美好未来的先驱者的典型，他们反抗统治者，揭露宗教的虚伪和欺骗性，抨击封建礼教的陈规陋习。该小说集中《不信教的赫里勒》的主人公斥责教会是鱼肉人民的吸血鬼，神父是助纣为虐的工具。这部小说集激怒了当局。纪伯伦的作品遭禁，他也被逐出教门。

尼采一度是纪伯伦的向导，他孤独中的朋友。尼采在他心中所激起的风暴，几乎把他从东方的土壤中连根拔起。纪伯伦曾经认为自己十分接近尼采笔下的查拉图什特拉。但纪伯伦从根本上来说，还是一位东方人，同尼采的气质不尽相同。纪伯伦作品中不乏歌颂阿拉伯各民族友好情谊的词句。他在指出东方民族当前面临的问题后，认为东方民族将是朝气蓬勃和充满活力的。

纪伯伦的人生哲学是积极的。他明确反对《圣经》中关于人生是空虚的悲观论调，而对人生和人类的未来充满了信心。他与英国浪漫主义诗人济慈不同，在《火写的字》中，提出"声名用火写在天空"。他指出，人生是克服困难，历经艰险，寻求真理，走向光明的过程。

纪伯伦崇尚"爱"与"美"。这一点在散文诗集《泪珠和欢笑》中表现得最为集中。"爱"和"美"也是他创作中最关心的主题。他认为"美"是艺术的极致，是他崇拜的主神，"美"中有真理和光明；"爱"则是圣洁的顶巅。他还认为，爱和美是他的出发点和归宿；爱和美是一对情侣，智慧则是它们的女儿；爱的力量是"幸福和光明的源泉"，"它是那样坚强不屈，春来生机勃勃，夏到硕果累累"。

《泪珠和欢笑》这部集子脱稿后，纪伯伦心中的风暴逐渐平息下来，他因愤激而痛苦的心缓慢转向深思。他为自己的浅陋感到羞惭，更加重了他唤醒世人、用智慧之果武装他们的责任感。他生活在金元

帝国的底层，忍受着物质生活的匮乏，更加追求内心的自由与升华。他的这种思想与伊斯兰神秘主义——苏非派十分相似。

四　纪伯伦的创作特点

纪伯伦是用阿拉伯语和英语两种语言创作的作家。他的经历使他得以在创作时融会东西方文化，写作风格别具一格。

纪伯伦的文字优美、典雅、绚丽、流畅、洒脱。他的创作发自内心，不太注意语言的凝重，也不追求严密的科学性，而是以丰富的想象和炽烈的感情为语言涂上一层绚丽的色彩。他是驾驭语言的大师，有时歌颂，有时暴露，有时严肃，有时幽默；他的艺术风格多姿多彩，时而是汩汩的清泉，时而是熊熊的烈火，时而是幽雅的牧歌，时而是激越的鼓点。

他的散文诗几近出神入化的地步，因为他从诗歌中撷取了灵魂，从散文中借来了舒展宽松的形式，从绘画中吸取了绚丽的色彩，从音乐中找到了轻柔或昂扬的和谐节奏。因此，他的散文诗同时兼备诗美、散文美、绘画美和音乐美。

他的作品以抒情见长，其抒情性又带有强烈的主观色彩，富有个性。他常以洗练、生动的语言去说明生活中一个深刻的道理，起到劝诫警告的作用，产生发人深省的效果。其所以能如此，是因为他运用了意蕴丰富的隐喻，把抽象的事物转化为具体的形象；他巧妙地利用喻体的引申意义，启发读者回味其中的深意，获得艺术的美感。他并不侧重于形象地再现生活，而是向读者倾吐自己对生活的思考、感受和理解。

他崇尚公元 10 世纪阿拉伯诗人穆泰纳比在诗歌结构上的整一，同时又打破了传统的格律。在此基础上，他的一系列由警句、格言组成的诗歌既相对独立，又自然地有层次地从一个主题转到另一个主题，构成有机的整体。

他除了大量运用传统比喻手法外，还借鉴了西方诗歌中常见的梦幻和象征手法，交替使用逻辑思维和形象思维。因此，他的作品既有新鲜活泼的形象，又蕴含深沉的哲理。

五　纪伯伦在文学史上的地位

纪伯伦是 20 世纪杰出的诗人之一，当时世界上最优秀的六位英语作家之一，阿拉伯现代文学的一面旗帜。他是本世纪初阿拉伯海外文学的代表人物，也是阿拉伯现代文学史上运用散文诗体的优秀代表。

阿拉伯散文诗的兴起有其时代背景。当时阿拉伯民族处于异族的统治之下，渴求个人自由和民族的独立解放。人们在新的历史时期，要求创造新的、比较自由的艺术形式，特别是青年中抱积极的人生态度的那一部分人，尤其欢迎具有深邃的哲理倾向和精湛的艺术技巧的散文诗。以纪伯伦为代表的散文诗正是在此时应运而生，而且成为世界文学宝库中的艺术珍品。

纪伯伦等人在美洲创建的笔会对团结侨民作家和旅美派——阿拉伯海外文学的发展起了决定性的影响。而海外文学则对促进阿拉伯民族解放、社会改革运动以及阿拉伯本土文学的繁荣和发展发挥了极为显著的作用。

阿拉伯著名文学家哈纳·法胡里认为，在阿拉伯现代作家中，纪伯伦是"最有个性、最大胆的作家之一"。

纪伯伦不仅在阿拉伯东方享有崇高的声誉，在西方也有巨大的影响力。美国总统罗斯福曾称赞纪伯伦"是东方刮起的第一次风暴，席卷了西方，给我们西海岸带来了鲜花"。

Khalil Gibran

六　纪伯伦在中国

早在 30 年代，茅盾先生就把纪伯伦的作品介绍给我国的读者了。1923 年 9 月 3 日和 17 日，茅盾先生在《文学周刊》第 86 和第 88 期上，发表了纪伯伦的《批评家》、《一张雪白的纸说……》、《价值》、《别的海》和《圣的愚者》等五篇寓言体散文诗的译文。这五篇散文诗均选自纪伯伦的英文作品《先驱》。

1931 年 9 月，冰心先生所译的《先知》在上海问世。1981 年《先知》中译本再版时，冰心先生有一段精辟的话：

"一般说来，年轻时都会喜欢泰戈尔，而年纪大了，有了一段阅历之后，就会转向纪伯伦。应该说，纪伯伦的《先知》、《沙与沫》与泰戈尔的《吉檀迦利》在艺术上是有异曲同工之妙的。不过，由于泰戈尔的一生比纪伯伦要顺利，生活也不像纪伯伦那样清贫，所以，我总觉得泰戈尔在《吉檀迦利》中表现的似乎更天真、更欢畅一些，也更富于神秘色彩。而纪伯伦的《先知》却更像一个饱经沧桑的老人，对年轻人讲些处世为人的哲理，在平静中流露着悲凉。这是因为纪伯伦一生经历过许多忧患。"

1949 年新中国成立后，《世界文学》翻译并介绍过纪伯伦的一些作品，大多是从英文、甚至是从俄文转译的。一直到 80 年代初，才开始出现了纪伯伦阿文作品的译文。80 年代末和 90 年代初，国内出现过一段介绍纪伯伦作品热。

我们有理由相信，世界文学宝库中这颗璀璨的明珠——《纪伯伦全集》会给人们以启迪。

1993 年 12 月于北京劲松

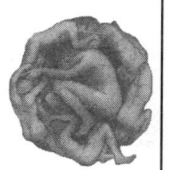

Contents
目录

阿拉伯文卷

主编/关偁

1

Khalil Gibran

被折
断的
翅膀

（1911）

关偶译

1905

关俪译

音乐

音　乐

我坐在我心爱的人身边，听她谈话。 我一声不吭地聆听着。 我感觉到在她的声音里有一种力量，我的心为之震颤。 那种力量产生电流般的颤动，把我同自己分开。 我的心灵于是飞向无边无际的天空，它认为世界是梦，躯体是窄小的牢房。

我爱人的声音同一种魔力相交，那魔力支配了我的感情，让我满足于无言的魅力，疏远了她的声音。

人们，她就是音乐！当我所爱的姑娘说了一些话之后叹息时、因某些话微笑时，我听到了它；它有时断断续续，有时连贯流畅，有时说半句留半句，我听到了它。

我用听觉当眼，看到了我所爱的女人心灵的影像，结果使我全神贯注于音乐的表现，即心灵之声的感情精髓，而不是谈话的精髓。

是的，音乐是心灵的语言，曲调是弹拨感情之弦的和风，又是叩击感觉之门的纤指；它唤醒回忆，再现被夜晚隐蔽的事件和往昔。

音乐是有感染力的细腻的曲调。 假如它是令人悲哀的，便在想象的篇章上，回忆痛苦和忧伤的时刻；假如它是令人欢愉的，便回忆安适和欣悦。

音乐是令人忧郁的声音的总汇。 你听到它，它会使你驻足，让你的心中充满焦虑，像幻影一般为你描绘不幸。

音乐是令人欣悦的旋律汇编。 你感受它，它便掌握了你全部心灵，并在你的胸腔里欢快地起舞。

它是琴弦的颤声，携着太空的声波进入你的耳际。 它也许成为一滴灼热的泪珠，从你眼中流出；这滴泪珠因情人远离的痛苦和时光带来的伤口而形成。 它也许作为一个微笑从你嘴唇绽出，那实际上是幸福和安谧的代名词。

它是临终者的躯壳，有来自精神的灵魂，还有来自心田的意识。

有了人之后，音乐给他以启示，因为音乐是天上的语言。和其他语言不同，它讲述的内容发自内心，只对内心述说。因此它又是心灵的语言。它似爱情，其影响普及众人。沙漠中的游牧民族歌唱了，宫廷中国王及他的左右们震动了。失去爱子的母亲把音乐和哀号交融在一起，令无动于衷和铁石心肠者心碎。欣悦者把音乐和自己的欢乐一起广为传播，它是鼓舞遭难者的颂歌。

音乐像太阳，用阳光照亮了田野里的花朵。音乐似明灯，驱逐心中的黑暗，照亮心灵，展现其深层。按我的标准，乐曲是真正自我的影像，或是活生生感觉的幻想；心灵仿佛是明镜，立于世界上，照出各种事件、行为，反映出那些影像和幻想的画面。

心灵是迎着品评之风的一朵柔嫩的花朵，晨风撼动它，露珠压弯了它的茎。飞鸟的鸣啭唤醒了朦胧中的人，人便聆听，感受，同它一起歌颂智慧——飞鸟悦耳的旋律和细微感觉的创造者。那种鸣啭激发了他的思维，他便问自己和周围，这不足挂齿的飞鸟的歌声道出了什么样的秘密，竟能拨动了他的感情之弦，向他启示前人的著述中所包含的意义？他探索，询问：飞鸟是在呼唤田野上的鲜花，还是在模仿树木上的枝杈？是在效仿流水淙淙，还是在同整个大自然同席畅饮？不过他找不到寻求答案的途径。

人听不懂飞鸟在枝头上说些什么。也不明白流过鹅卵石的叮咚泉水和从容不迫推向岸边的阵阵涛声在说什么；他不了解滴落在树叶上的雨水所讲的故事，不懂雨水用轻柔的指尖叩击玻璃时所谈的事情；他不知道微风对田野上花朵诉说的情感。但是，他觉得他的心明白和理解所有这些声音的意义；因此，有时他因欢乐而震动，有时又为痛苦和烦恼而叹息。有一些声音用神秘语言同他密谈，智慧把它置于他的本质之前；于是他的心灵和大自然多次交谈，而他却困惑地站着，张口结舌。或许眼泪代替了语言，眼泪是最流畅的翻译。

快到我这里来，清醒的人！同我一起去回忆的舞台，看看在被岁月掩去的民族中音乐居于什么样的地位。 来吧，让我们沉思默想音乐在亚当之子的各个阶段具有的影响。

迦勒底人①和埃及人把音乐当作伟大的神灵来崇敬，向它膜拜，赞美它。 波斯人和印度人相信音乐的本质是上帝的灵魂。 一位波斯诗人说过这样的话："音乐是天上仙界的一位仙女，她恋上了一个人，便从天界下凡。 天神们获知后勃然大怒，派遣强风追赶，强风把仙女打得衣衫飘零，衣衫的碎片被风刮散到世界的各个角落。 仙女本人并没有死，她活着，居住在人的耳朵里。"

一位印度哲人说：

"优美的旋律加强了我对美好的永恒的希望。"

在希腊人和罗马人那里，音乐是强力大神。 他们为它建筑了宏伟的神庙，向世人讲述着它的崇高；他们为它建起了高大的祭坛，献上最美的祭品和最芬芳的薰香。 这尊大神，他们称之为"阿波罗"。 他们赋予它最高级的赞美形容词，使它像被河水冲浮出来的树木那样竖立起来。 它左手抱琴，右手拨弦，昂首挺立，气宇轩昂，眼睛直视前方，似乎洞察万物的奥秘。

他们说，阿波罗的琴声是大自然的回声，它是将飞鸟的鸣啭，流水淙淙，微风吹拂和树枝摇曳移植过来的自然之声。

在希腊人和罗马人的神话中有这样一个故事：乐神奥尔甫斯奏出的琴声打动了动物的心，以致一些凶猛野兽也跟随着他。 植物也是这样，花儿伸颈探望，树枝偏斜摇晃。 连没有生命的物质也闻声而动，纷纷为之绽裂。

他们说，奥尔甫斯失去了妻子，他为之哭泣，哀悼她，悲怆的曲调充满了原野。 大自然因此而恸哭，天神们动了恻隐之心，为他打开了永恒天国的大门，以便他同妻子在灵魂世界相遇。

他们说，罪恶之女杀死了奥尔甫斯，把他的头颅和琴扔进大海。

---

① 迦勒底人指南美索不达米亚的闪族人，公元前 7 世纪末形成新巴比伦国家。

头颅和琴在水上漂流，最终漂到一个岛屿，希腊人称之为"歌曲之岛"。

他们说，载着奥尔甫斯头颅和琴的波涛，自那时起，就用它的声音编成令人动心的挽歌和令人悲哀的曲调。这些挽歌和曲调充满天空，水手们都在倾听。

在那个民族的光荣已成过去之后，我们称这些话为源自幻想的奇谈，是想象力创造出来的梦想。但是，这些话证明了音乐在希腊人的心中具有多么深远和巨大的影响。他们说这些话是基于一种坚定的信仰。假如我们把这些话称之为来自细腻的感情和爱美之心，是一种诗的夸张，那于我们有什么损害呢？按诗人的习惯，这就是诗吧？

亚述人①的遗迹为我们提供了一些图画，它们描绘的是国王的队伍行进时，是以乐器为先导的。他们的历史学家同我们谈起音乐时，说音乐在各种仪式上是荣耀的标志，是各种节日里幸福的象征。是的，没有音乐的幸福如同一个被割去舌头的姑娘。音乐是地球上所有民族的喉舌，人们用颂歌称颂神明，用乐曲赞美幸福。当时如此，现在亦然，唱颂歌是一种义务，如同在神庙中做祈祷一样，也像对所崇拜的力量做火祭一样。神圣的火祭起源于内心的感情，祈祷也是受心灵指导和感情震动的完成品。

自由的气息因言词而变得更加激昂，同时也引起了大卫王的后悔。于是，他的颂歌充满了巴勒斯坦大地；他的愁绪创造出来自忏悔的激情和内心悲愁的动人旋律。作为中介，他的芦笛位于他和上帝之间——芦笛向上帝要求宽恕他的疏忽。他的铮铮琴声发自他心田深处，随着血管流向指尖。这些手指的功用在上帝和人们那里都是伟大的。他对人们说：

"你们为主欢呼吧！用号声赞颂吧！用笛子和弦琴赞颂他吧！用鼓赞美他吧！用竖琴和风琴赞颂他吧！用铙钹声赞美他吧！让每个人都赞美主吧！"

Khalil Gibran

5

---

① 亚述人指公元前 12 世纪至前 17 世纪统治美索不达米亚的闪族人。

《圣经》说，一位天使在世纪末到来，在世界各国吹着喇叭，灵魂都应声而起，附着在躯壳上，在恩主前复活。 作者高度赞扬了音乐，给予音乐以上帝遣往人类灵魂的使者的地位。 作者只提供了他感情的一个画面，按照他那个时代的人所奉行的言语方式。

据传说，在人子耶稣的悲剧之初，弟子们在出发去他们导师被捕的橄榄园之前，唱了赞美诗。 我现在仿佛正听着这些发自悲哀者内心深处的赞美诗。 他们当时看到不幸将降临到和平使者的头上，便吟唱了送别的动人曲调。

音乐走在去打仗的军队前面，鼓励士兵燃起炽热的决心，鼓舞他们去战斗，音乐具有一种魅力，统一意志，将士兵们组成不可分割的队伍。 在去战场厮杀的军队前面，在走向死亡之地的战士前面，没有诗人，没有演说家；笔和书都不陪伴他们。 走在他们前面的是音乐，像一位伟大的统帅，为他们衰弱的身体注入无法形容的力量，使他们心中迸发出对胜利的热爱，从而克服饥渴和行军带来的疲惫，全力以赴投入战斗。 他们欢欣鼓舞地跟随着音乐，追随着死亡，来到万恶的敌人的土地上。 亚当之子就是这样利用世界上最神圣的事物，把世界上的邪恶撒遍大地。

音乐是牧羊人孤独时的伴侣，他坐在一块石头上，被羊群包围，为他的羊只奏出它们听得懂的乐曲，羊只安谧地吃着青草。 对牧人来说，芦笛像一个从不分离的亲密朋友，一个可爱的伙伴。 芦笛用优美的旋律代替山谷可怕的寂静，用动人的乐曲驱逐了孤独，让空间充满温馨和甜蜜。

音乐引导着旅人的轿驼，减轻疲劳的程度，缩短旅途的漫长。 于是，良驼不再行走在荒漠，除非听到引驼人的歌声；驼队不再承受沉重的负荷，除非在驼颈上系上铃铛。 这不是创举——智者在我们这个时代用乐曲驯兽，用悦耳的声音伴随它们。

音乐伴随着我们的灵魂，伴我们跨越生命的各个阶段，与我们同呼吸，共患难。 在我们欢乐的日子里，音乐像一个观察者；在我们不幸的日子里，音乐像一个富有同情心的亲人。

婴儿从幽冥世界来到我们尘世，接生婆和亲友们以欢乐的歌声迎接他，以欣喜的乐曲表示欢迎。 当他见到光明时，以啼哭问候他们，他们则以欢呼声作为回答，好像他们以音乐同时光竞赛，看谁让他理解神的智慧。

婴儿啼哭时，他的母亲靠近他，以充满温柔的音乐之声歌唱，他便停止啼哭，因表现出母亲疼爱的曲调而高兴和睡着。 在母亲的歌声和悠扬的曲调中有一种力量，能促进睡眠，让孩子合上眼皮。 她在乐曲中揉进了从容，使曲调更加悦耳；她在乐曲中抹去了畏惧，使曲调充满慈母气息的神奇，让孩子入睡，心神飞向灵魂的世界。 倘若母亲以西塞罗①的舌头说话，或者朗读伊本·法里德②的诗篇，孩子就不睡了。

男人仔细选择生活的伴侣，两颗心因婚姻而合二而一。 他们听从智慧从一开始就写在他们心上的忠告，于是亲朋好友相聚，在新婚夫妇结为百年之好时高唱颂歌，让音乐成为证婚人。 在我看来，我仿佛就是它———一个掺有甘甜的恐怖的声音，一个歌颂上帝创造万物的声音，一个唤醒沉睡的生命、让它前进、传遍和充满大地表面的声音。

当死神来临，演出生命戏剧的最后一个场景时，我们听到忧伤的音乐，看到它悲哀的阴影遮蔽天空。 在那令人痛苦的时刻，心灵告别美丽世界的海岸，在永恒之海中游泳，扔下物质骨架，留给歌唱者和号丧者。 人们大声地吟唱悲哀，用湿土覆盖那个物质，以受压抑的声调和表示忧伤焦灼的歌声让它安眠。 只要黄土上面的湿土不干，他们就不断重复那些曲调为它送殡。 假如它变得陈旧，只要心怀念着逝者，它的回声就留在人们的细胞里。

Khalil Gibran

----

① 西塞罗（前106—前43），古罗马政治家、演说家和哲学家。
② 伊本·法里德（1181—1234），阿拉伯阿拔斯王朝时期诗人。

我同一位被上帝赋予好嗓子的人坐在一起，上帝还赠给他谱曲的哲学领悟力。我看到听众围坐在他周围，倾听着，自惭形秽。他们屏息不动，像屈服于向他们启示若干秘密的诗人那样凝视着他。直至吟唱者歌罢一曲，他们才久久地喘息——啊！——啊!! 这是被歌曲掀起波澜的内心发出的喘息！对这些心来说，叹息是甘甜的。"啊"，是被回忆激起的从干渴之心发出的感慨；"啊"，是小小的词，但是长长的话语；"啊"，不是听见歌手说话的人、也不是看见他面孔的人发出的声音，而是那位伸长耳朵倾听断断续续歌声的人发出的叹息——歌声中活生生的气息为他展现了过去生活故事中的一章，袒露了他心中隐藏的秘密。

　　我是怎样审视一位敏感的听者的脸庞啊！我看到他的面部表情一会儿双眉紧蹙，一会儿舒展，随着曲调的起伏而变化。从他的动作我看出他的性格，通过他的外表我看到他的内心。

　　音乐如诗似画，反映出人的不同状态，描绘心中的掠影，阐述内心爱好的幻象，把意念铸制成性情，说明肉体最美好的渴望。

“纳哈温德”曲

　　“纳哈温德”曲代表情人的分离和向祖国告别，描写一位亲人逝去时的最后一瞥，诉说受到思念之火灼烤的内心的痛楚。　“纳哈温德”曲是发自悲哀内心深处的声音，是一个经过长途跋涉精疲力竭的被遗弃者，为寻求对自己残生的同情而发出的呼唤；是被苦难压迫得绝望的人的长叹；是无法忍耐的痛苦者发出的失望的哀鸣。

　　“纳哈温德”曲代表了秋季，枯黄的树叶纷纷落地，寂然无声，受秋风戏弄，撒遍四方。

　　“纳哈温德”曲是母亲为远游他乡的儿子的祈祷，他走后，她夜不能眠，依靠忍耐和希望，同思念抗争。

　　“纳哈温德”曲中有一种意义，不，许多种意义，有许多秘密；心灵了解它，精神懂得它。　有许多秘密，唇舌企图说出它，笔墨想揭示它；但唇舌力不从心，笔墨词不达意。

9

"伊斯法罕"曲

　　我聆听了"伊斯法罕"曲，于是以听为眼，看到那生命垂危的情人，看到了他的故事的最后一章。　他心爱的人死了，希望破灭了，他便以生命中残存的最后一点力量恸哭，以躯体内尚存的一息哀悼。"伊斯法罕"是垂死挣扎者的最后的气息。　他在死亡之舟上，处于生命之岸和永恒大海之间。　"伊斯法罕"是发出断断续续的哽咽和深深的叹喟的自我哀悼。　它是一种曲调，它的回声是掺杂着死亡和悲哀的苦涩，是泪水和忠诚混合成的甜蜜的寂静。

　　假如"纳哈温德"是带有部分希望而活着的人的思念，那么"伊斯法罕"就是希望之环已经断裂的人的呻吟。

"萨巴"曲

　　我们听着"萨巴"曲，被阴霾笼罩的心灵随即苏醒。 心灵醒了，在胸间跳舞。 "萨巴"曲是欢乐曲调，让人忘记悲哀，寻求欢乐，畅饮味道奇特的欢乐，并希望得到更多的欢乐；他似乎知道欢乐醇酒正同美味的陶醉感竞胜，并受到理智的保护。 "萨巴"是一位欢乐的爱者的话语，他战胜了时间，征服了距离。 夜晚的寂静使他幸福，因为他能同美丽的恋人在远处的田野上相会；这相会带给他欢乐和欣悦。 "萨巴"曲像阵阵微风吹拂，田野上的花朵摇曳不止，欢乐地频频点头。

"拉斯德"曲

在静夜中，"拉斯德"曲带着沉浸于感情中的节奏，叙述着一位可贵的朋友信中词语的影响。在遥远的国度里，绝了他的音讯；随后寄来的一封信，希望之情复活，向心灵许诺相聚。我是唱"拉斯德"曲的，预告黎明已近、黑暗将消。有人说："如果你的夜已结束，那就观察吧！"

在"巴阿莱拜基"诉怨曲中，有一支曲子介乎责备与申斥之间。其曲调是令人动情的"纳哈温德"曲和令人愉快的"萨巴"曲的混合，并起到这两种曲子的双重作用。

*　　　　*　　　　*

现在，我已写了这么多页。我看自己像一个孩子，从一首长歌中抄下一段词；当上帝创造第一个人时，天使唱了那首颂歌。或许我像一个文盲，正从智慧写下的一本书中默记一句话；那本书在时间之前写在感情的篇章中。

啊，音乐啊！啊，神圣的奥特拉比①！你的艺术姐妹在 E 一世纪跳过一段时间舞，已被遗忘在深宅里一段时间了。你嘲笑她们，因为你从未离开过心灵的舞台。你像是亚当印在夏娃唇上第一个吻的回响。回响有回响，回响的回响还有回响，它们传送着，轮回着，包围一切，又靠一切而长存。对它们的劳作者来说，劳作是有趣的；具有天赋的欣赏者，因听觉的享受而为他们的功业高兴。

啊，音乐，心灵和爱的女儿！爱情的苦涩和甜美的容器！人类心

---

① 奥特拉比是古希腊音乐之神的新娘。

灵的幻想！悲哀的果实和快乐的花朵！从蕴藏的感情的花束中升腾的芬芳！啊，恋人们的舌头和情人秘密的传播者！从被隐蔽的感情中制造泪珠的工匠！啊，诗歌的启示者和诗韵项链的编制者！把思想同片言只语统一起来的协调者！用美的要素编织成的感情的花环！把饮酒者提高到幻象世界最高峰的心灵醇酒！啊，士兵的鼓舞者和崇拜者心灵的净化者！负载着心灵幻影的以太①的波动！啊，典雅温柔的海洋！我们把灵魂托付给你的波涛。把心灵委托在你的深处！请载着它们去物质的彼岸，让我们看看幽冥世界的奥秘。

心灵的情感啊，再丰富一些吧！心灵的感觉啊，再膨胀一些吧！让有手的人抬起手臂，为这伟大的神灵建设庙宇吧！天使啊，请降示给诗人的心！请向他们的智能细胞中注入颂诗和祝祷，赞美这伟大而神圣的天仙吧。画家和雕刻家们，你们丰富自己的想象力吧！创造各种形象和画像吧！

大地的居民们！向她的男女祭司致敬吧！在节日中，纪念她的仆人吧！为他们竖起雕像吧！愿世界上各个民族为她祈祷！向奥尔甫斯、大卫、毛绥里②致敬！隆重纪念贝多芬、瓦格纳③和莫扎特！喂，叙利亚！以沙基尔·哈勒比的名义歌唱！喂，埃及！以阿卜杜·哈穆里的名义歌唱！世界啊，尊重在空中传播自己、让美好的灵魂充满空间的那些人吧！尊重那些教会人类用自己的听觉看、用自己的心灵听的人们吧！阿门。

Khalil Gibran

---

① 以太是古希腊时期哲学家设想出的一种媒质，被认为无所不在。在本书中泛指苍穹、宇宙，往往指地球以外的天际。
② 毛绥里（767—850），阿拉伯阿拔斯王朝时期歌唱家。
③ 瓦格纳（1813—1883），德国作曲家、指挥家。

1906

关俪 译

草原新娘

历代灰烬和永恒之火

1

（公元前 116 年的秋天。）

夜晚寂静，生命在太阳城①沉睡。 坐落在橄榄树和月桂树间的宏伟神殿周围，有一些住宅，里面的灯火已经熄灭。 月亮出来了，月光泼洒在大理石柱上，大理石柱像巨人般屹立，在寂静的夜晚守护着神灵的祭坛，迷茫而惊异地望着远方倚在崎岖不平的山坡上的黎巴嫩城堡。

在那充满沉睡者灵魂和无限的梦境合成的宁静的魔力的时刻，祭司黑拉姆的儿子纳桑来了。 他擎着火把走进阿史特鲁特②神庙，用发颤的手点燃油灯和香炉，没药和乳香的芬芳冉冉上升，以围着人心的希望之云遮蔽被崇拜的女神雕像。 随后，他跪在镶有象牙和黄金的祭坛前，举起双手，注视着上方，热泪盈眶。 他的声音因痛苦的哽咽而时断时续。 他呼喊道：

"伟大的阿史特鲁特，可怜我们吧！爱与美之主，发发慈悲吧。请怜悯我！请你把死神的手从我奉你之命而挑选的爱人身上挪开吧！医生的药剂和粉剂已无用，祭司和占卜者的咒语也失灵。 我这里只有你神圣的英名，在支持和帮助我。 请接受我的恳求吧！你看，我

---

① 太阳城指巴阿莱拜克城，即太阳神伯阿勒之城。

② 阿史特鲁特是古腓尼基人的伟大女神，专司爱情、繁殖，据说是"点燃生命之火者，青春的捍卫者"。 希腊人称她为爱与美的主神阿芙罗狄忒，罗马人称她为维纳斯。

的心碎了，感情受煎熬。 请让我心的另一半活着，让我们因你的爱之语而欢乐，为你向我们揭示光荣的秘密的青春之美而幸福。 从这些深处，我呼唤你，啊，神圣的阿史特鲁特！在这夜晚的黑暗之中，我求助于你的同情心。 请听我的呼唤！我是你的仆人纳桑，一生都在你的祭坛前伺候的祭司黑拉姆的儿子。 我爱上了一个姑娘，选择她作为伴侣。 精灵女①们嫉妒我们，向她的体内注入了一股奇怪的邪气，还派死神把她拽进她们的魔洞。 死神正死守着她的床榻，像一头饿狮大声咆哮，它的黑翼遮在她身上。 它还伸出粗爪，想把她杀死在我的怀里。 为了这件事我来这里，惶恐不安，请可怜我，让她活下去，她仿佛像一片尚未欢快地展露的花瓣，让她活下去，她仿佛如同一只没有唱完青春黎明颂歌的不知疲倦的小鸟。 请您把她从死亡的魔爪中拯救出来吧！我们将欢欣鼓舞地为您高唱赞歌，为您的英名点燃不灭之火，在您的祭坛前宰杀牺牲品，用陈酿和香油注满您的储罐，用玫瑰和素馨花铺满您的神庙的柱廊，在您的雕像前点燃熏香和芳枝。 奇迹之主啊，请拯救我们吧！让爱征服死神，您是死亡和爱情之神！"

　　他沉默一会儿，在此期间他焦虑至极，泪水潸然流下，叹息不止。 随后，他又说道：

　　"啊！神圣的阿史特鲁特！我的梦想已经破灭，肝肠寸断，我的心已经死去，泪水已干涸。 请怜悯我，让我活下去，让我的爱人留在世上！"

　　此时，他的一个仆人走进来，对他耳语道：

　　"主人，她睁眼了，环顾床榻四周，见不到你，就一直呼唤着你。 我因此过来，请你到她那里去。"

　　纳桑站起身，疾步走出去，仆人紧随其后。 他回到住处，便直接走进病人的房间，在她床前俯下身去，拉住她瘦削的手，多次亲吻

---

① 传说蒙昧时代的阿拉伯人认为：女精灵若恋上一个男人，她会阻止他结婚，即使他结婚，她也会对他的新娘施以魔法，或置新娘于死地。

她的嘴唇，像是要把来自自己生命中的一个新生命注入她憔悴的体内。 她将陷在丝绸面枕头里的脸转向他，眼睛开一条缝，唇边绽露出一丝微笑，那是她袅娜身体内残存的一点生命，是她告别尘世的心灵中最后一线微光，也是那颗匆匆奔向终点的心灵发出呼唤的最后回声。 她说话了，声音断断续续，像一个穷苦女人的饥肠辘辘的孩子发出的呻吟。 她说：

"我心灵的新郎，神已呼唤我了。 死神来临，要把你我分开。不要绝望，神的意志是神圣的，死神的要求是公正的。 我现在要走了，我们手中爱情和青春的杯盏仍然满溢，美好生活的道路依旧展现在我们的前面。 我亲爱的，我现在动身了，去灵魂的舞台。 我还会回到这个世界。 因为伟大的阿史特鲁特，会给情人们——在享受爱情和青春的美好和欢乐前，就已去了永恒世界的人们——重新注入生命①。 纳桑，我们还会见面，将共饮水仙杯盏中的露水，同田野上的小鸟一起沐浴在阳光中。 再见了，我亲爱的！"

她的声音低微了，只有嘴唇还像晨风中凋谢的菊花瓣那样颤抖。 他搂住爱人，冰凉的泪水润湿了她的脖颈。 当他的嘴唇贴近她的嘴角时，才觉出它已冰凉。 他不由地号啕大哭，撕扯自己的衣服，扑在那纹丝不动的身体上。 他痛苦的灵魂正在生命的坚韧和死亡的深渊之间。

在那夜的静谧之中，那些睡觉的人的眼帘曾抖动过。 街区的女人们害怕了，孩子们更是惊骇不已，因为夜幕中夹杂着从阿史特鲁特祭司高宅中传出的一阵高似一阵的令人肝肠俱裂的号啕和啜泣声。

当黎明来到时，人们来找纳桑，想安慰他，抚平他的不幸，但找

---

① 伊斯兰教先知说："你们曾是死者，他复活了你们，然后让你们死去，然后又复活你们，然后你们回到他那里去。"印度的菩萨说："我们昨天在这生命中，我们现在已来到了，我们将回去，直到变为像众神一样的完美者。"——原注

不到他。

几天后，从东方来了一个商队。 商队头领告诉人们，他曾见到纳桑在一个遥远的荒野，徘徊在羊群中。

几代人过去了，时光以隐秘的脚掌粉碎了人们的业绩，诸神远离了这个国家，一位暴怒女神占据了他们的位置。 她以破坏为乐，用毁灭开怀。 她将太阳城的神庙都夷为平地，推倒座座美丽的宫殿，使城里翠绿的花园衰败凋零，肥沃的土地变为不毛之地。 在这座城市里，到处是断垣残壁，一片荒凉。 目睹此情此景，回忆昔日的风光，令人不胜凄凉。

但是，正在逝去的和正在毁坏人类业绩的时光，摧不垮人们的理想，无法削弱他们的感情。

理想和感情因不朽的绝对精神而长存不朽。 有时，它们可能隐匿消失；有时，它们可能静卧不动，既像黄昏时的太阳，又像拂晓时的月亮。

2

（在拿撒勒人耶稣来临后的 1890 年的春天。）

白天已逝，光明隐去，太阳从巴阿莱拜克平原收敛了光辉。 阿里·侯赛尼赶着羊只返回神庙旧址，他坐在坍塌的廊柱间。 廊柱东倒西歪，像是被异族杀害的士兵横躺竖卧。 他的羊只围在他身边而卧，从他充满朝气的歌声中感到安全。

半夜了，天空在黑暗的深沉中抛下明日的种子。 睁久了眼睛的阿里瞌睡了，神智因断垣残壁间闪过的各种幻想而迷糊。 他撑着胳膊躺下，睡意渐浓。 瞌睡似飘忽的纱巾的边角撩抚着他的感觉，就如温柔的云雾轻摩着平静的潮面。 他忘记了熊熊燃烧着的自我，而同充满升腾于人类各种律法和教诲之上的隐秘精神自我相遇了。 在

Khalil Gibran

他眼前，视野一圈圈地扩大，未知的秘密在展开。 他的心远离向着乌有疾进的队伍，独自停滞在排列有序的思维和彼此竞争的遐思中。

他有生以来，第一次懂得或者几乎懂得伴随青春的精神饥饿——那将生活的甘甜和苦涩统一起来的饥饿，那把希冀的叹息和要求满足的平静聚合起来的干渴，那世界的光荣消除不了、岁月的流逝席卷不去的思念。

他有生以来，第一次体验到一种奇特的感情，那感情是被神庙的断壁残垣唤醒的。 那细腻的感情，是香炉里的熏香般的回忆。 它是神秘的感情，早就隐藏在他的感觉中，如同指尖出没于琴弦之中。它是崭新的感情，从乌有中迸发，或从一切之中迸发、成长、逐渐壮大，直至拥抱精神的整体，在心中充满危重病人对温情的迷恋，寻求甘甜者对苦涩的体验。 它是一种瞬间的感情，生于充满朦胧的睡意，在那一瞬间产生世代的图画，如同一滴水繁衍出诸多民族。

阿里望着破败的神庙，睡意已被精神觉醒所取代：被亵渎的祭坛残迹显露出来，被抛弃的柱石的基础和东倒西歪的墙根清晰地展现在眼前。 他睁大眼睛，心怦怦地跳，像一个盲人突然复明。 他便边看边想边沉思，在思考的澎湃中，在沉思的运行中，一个往昔的幻影出现在他心中。 他想起那些石柱如何自豪和庄严地屹立着，想起那些银灯和香炉怎样被置于令人肃然起敬的受膜拜的神像周围，想起严肃的祭司如何在镶嵌象牙和黄金的祭坛前献牲，还想起敲着铃鼓的少女和唱着爱与美的赞歌的青年。 他想起和看到这些画面，它们清晰地展现在闪电般的视线里。 他感受到各种影像，其不可捉摸打破了内心深处的平静。 不过，这些回忆追回的只是人们于已逝年华中见到的那些实体的幻影，因而，阿里此时也只听见耳朵感悟到的那些声音的回响。 这些神秘的回忆，同一个诞生在帐篷间、在田野放牧中度过青春的小伙子的过去有什么关联吗？

阿里站起身，在乱石间踱来踱去。 遥远的记忆揭去了蒙在他想象力上的忘却的面纱，一如一位少女拂去镜面上的蜘蛛网。 当他到达正殿时，停了下来，好像大地上有一种力量拽住了他的双腿。 他注视着，突然一座被扔在一边的雕像引起了他的注意。 他不由地跪在雕像边，思绪翻滚，像重创下的伤口中涌出的鲜血。 他心搏加剧，又渐趋平静，一如时起时伏的大海波涛。 他的目光变得凝重，他痛苦地叹息，难过地哭泣，因为感到刺心的孤独，还感到在自己的灵魂同另一个美好的灵魂之间有一条无法逾越的鸿沟。 在他获得这个生命之前很久，那个美丽的灵魂曾近在他身边。

他觉得自己心灵的本质只不过是燃烧着的火炬的一部分，上帝在时光终结之前把他同火炬分开了。

他感觉可爱的翅膀正在燃烧的胸膛间和沮丧的脑海周围拍打发出声响。

他感到强大的、伟大的爱包容着他的心，掌握着他的呼吸。 那爱使一颗心的秘密上别的心共享，以各种手段将理智和度量衡的世界分开：当生命保持缄默时，我们听到它在说话；当黑暗笼罩一切，我们看到它像光柱一样矗立在那里。 那爱，那神，已在那平静的一刻降在阿里·侯赛尼约的心间，唤醒了他心中甜蜜和苦涩之情，如同太阳催生了荆棘旁的花朵。

但是，这爱是什么？它来自何方？想从这个同羊群一起躺在破败的神庙里的青年身上得到什么？这流淌在心间的从未被姑娘看见过的烈酒是什么呢？这些萦绕于一个游牧人耳际的崇高的歌、尚未被妇女吟唱过的歌是什么呢？

这爱是什么？它来自何方？它想从阿里这个以歌声与青春为世界忙碌的人那里得到什么呢？这爱是女游牧人的美德不知不觉向他心田抛下的精华，还是曾被烟雾阻挡、现在出现以照耀他心房的一缕阳光？是夜深人静跑出来嘲笑他感情的一个梦幻，还是自初始以来就存在而且将存留到时光尽头的一个真理？

阿里闭上满是泪水的眼睛，像个乞求者伸出手。 他的灵魂在身体内部颤抖，在它不断的悸动中，进出时断时续的叹息，那是由卑屈的诉说和炽热的思念组成的。 他的声音激动，分不清是感叹还是呻吟。 他喊道：

"你是谁？紧靠我的心的人，远离我的眼的人。 你把我同自己分开，又把我的今天和某些被遗忘的遥远的时光密切联系起来。 你是仙女的影子，她来自永恒世界向我诠释生命的虚无和人类的怯懦吗？你是从地里钻出来盗窃我的理智、让我成为我亲友中青年们嘲笑的精怪之魂吗？你是谁？这紧紧抓住我的心、置人于死地又让人复活的骚动是什么？这如火似光充满心胸的感情是什么？我是谁？这个被我称为'我'的、我所不熟悉的新的自我是谁？难道是我饮了生命之水，吃了以太分子，从而变成一个可以看到和听到未知秘密的天使？抑或是我饮多了邪恶之酒，看不清理性事物的真相呢？"

他沉默了一会儿，感情翻腾，情绪高昂。 他说道：

"能辨认、可以接近的心灵！黑夜可阻挡和疏远的人啊！在我梦幻的空中翱翔的美丽灵魂！你已唤醒了以往似深藏在冰雪下的花籽般沉睡的各种感情。 你像携着田野馨香的微风拂过，轻抚我的感觉。它们动弹了，像树叶一样！假如你穿着物质的衣衫，就让我看看你！假如你从泥土中解放出来，就让睡眠合上我的眼睑，让我从梦里看看你！让我抚摸你！让我听听你的声音！撕碎蒙住我的眼睛的面纱吧！摧毁这挡住我神性的建筑物！假如你是主的居民的话，请给我一只翅膀，我跟着你飞向最高之主的舞台。 请以魔力抚摸我的双眸，如果你是精灵之妻，让我跟着你，去精灵的藏身之地。 把你神秘之手放在我的心上，让我能随心所欲地跟随你，请把握着我！"

阿里对着黑暗之耳低声说着这些话，是从他内心深处激荡的旋律的回声中复活的。 在他视线之内，在他的周围，黑夜的阴影在潜行，好像从灼热的炉子里散溢的芬芳。 在神庙的墙上，显露着彩虹色彩的神秘图象。

过了一个小时，他因泪水而欢欣，因焦虑而喜悦。 他倾听自己的心搏，望着那后面的事物，像是审视着自己生活的画面正在缓缓消失，一个幻象取而代之。 那幻象因他的欢欣显得奇特，因他的焦虑而变得恐惧。 像先知一样，他谛视着天上的星宿，期待着启迪的降临。 他等候原子的到来，急促的叹息停止了平稳的呼吸。 他的心灵抛弃了他，在他周围游荡，随后又回到他那里，似乎在那废墟间寻找亲爱的丢失者。

曙光崭露，宁静微动，晨风阵阵。紫罗兰色的光彩流泻在以太的原子中。天空微笑了，是一位号丧的人在梦中见到了心爱之人的身影般的微笑。小鸟从断垣残壁的缝隙中钻出来，在柱间飞来飞去，鸣啭着，彼此传告着白昼的到来。阿里站起身来，以手加额，以近似僵硬的目光环顾四周，如同亚当被上帝吹了一口气而睁眼，惊异地望着所见的一切。

稍后，他走近羊只，召唤它们。羊只纷纷抖着身子，缓缓地跟着他去翠绿的草场。阿里领着羊群边走边用双眸凝视清澈的天空。他的感情已脱离可感知的事物，向他阐明存在的奥秘，向他展现过去的世代和瞬间留下的，并在瞬间让他忘却这一切，使向往和思念返回他。他发现自己被阻滞在自己的灵魂以外，如同眼睛被挡，看不见光明，便叹息起来。随着声声叹息，他被火灼烤的心中的一支支火炬闪烁不见了。

他走到淙淙溪水边，流水声传向田野。他在河畔柳树下坐定。柳枝垂向水面，像是要汲饮甘甜的溪水。羊只四散，低头觅草，落在白色羊皮上的露珠闪闪发光。不久，他感到心搏加快，心灵震颤。他像一个熟睡的人被阳光射醒后，动了一下，环顾四周，忽然见到林间有一个捎着水罐的姑娘，从容不迫地向小溪走去，露水湿润了她的赤脚。

姑娘来到溪边，弯腰汲水，以灌满她的水罐。她向对岸望了一眼，正好同阿里的目光相遇。她大惊，叫了起来，扔掉了水罐。她向后退了几步，同时看着他，像是一个迷路人碰到了人识自己的人……

一分钟之后，这短暂的数十秒如若干盏灯光引导双方的心走向对方，于无声中创造出奇妙的曲调，为他们的内心带去无法形容的回忆的反响，让他们之中的一方——他（她）认识另一方——远离小溪和树木，被遥远的幻影环绕的那一方。他们面面相觑，充满着柔情，感

到对方的容貌亲切；他们以感情中的全部听觉，彼此倾听对方的心声；他们以心中全部的喉舌，彼此呼唤对方，直至两个灵魂达到双方的全部理解。

此刻，阿里受一股神秘的力量吸引，跋涉小溪，走到姑娘身边，拥抱她，亲吻她的双唇、颈项和双眸。当他拥抱她时，她一动也不动，拥吻的甜蜜仿佛解除了她的意志，温存的抚摸夺走了她的全部力量。她驯从地、像素馨花顺从气流一般，将头倚在他的胸口，像疲劳的人得到了休息。她深深地叹了口气，表示一颗紧张的心舒展开了，显示沉静的感情开始躁动，正在觉醒。

过了一会儿，她扬起头，盯着他的眼睛。她的目光蔑视人们熟悉的语言；她的目光沉静，是灵魂间的语言；她的目光，对把爱情变成辞藻的躯壳中的灵魂表示了不满。

一对情人在柳林间散步，十分和谐的是述说他俩一致的舌，倾听爱情启示的耳，注视着幸福美满的眼。羊只跟随着他俩，咬啮着花草的嫩尖；从四面八方飞来的小鸟迎接他俩，鸣啭着具有魔力的曲调！

他们抵达山谷口时，太阳已然升起，为山坡披上金色的外套。他俩坐在一块岩石上，紫罗兰躲藏在石块的阴影里。片刻后，姑娘望着阿里黑亮的眼睛，微风嬉弄着她的秀发。微风恰似阿里的嘴唇，总想亲吻她的嘴唇。她觉得具有魔力的手指正挑逗她的舌头和嘴唇，而不管她怎么想。她以动人的甜蜜声音说道：

"阿史特鲁特已经让我们的灵魂回归到生活中，我们可以享受爱情的欢乐和青春的荣耀了！"

阿里闭上眼睛，姑娘音乐般的语言画出了他常在梦中见到的理想。他觉得看不见的翅膀已经载着他离开了那个地方，让他停在一个怪模怪样的房子里。房子的一角有张床，床上躺着一个美貌的女人的尸体，死亡带走了她的光艳和嘴唇的热度。这骇人的景象使他惊叫起来，他睁开了眼睛，看见姑娘还坐在身边，唇边绽出爱的微笑，目光中闪烁着生命之光。他的面孔才舒展了，精神振作起来。

刚才见到的幻象逐渐消失，他忘了过去和将来。

两个恋人相拥着，享受着接吻的佳酿，都沉醉了。 他俩搂在一起进入梦乡，直至影子偏斜，阳光的热量将他俩唤醒。

Khalil Gibran

班尼的玛尔塔

1

她还在摇篮里时，就死了父亲；她还不到十岁，又死了母亲；就剩下她，一个贫苦家庭里的孤女。 这个家居住在黎巴嫩美丽山谷中一个孤零零的农场里。

她从死去的父亲那里仅仅继承了姓氏和被核桃、白杨树掩映的草房。 她母亲去世后，给她只留下了悲伤的泪水和孤儿的卑贱。 她在家乡的地里过夜，独自一人在怪石嶙峋和密林中行走遐想。

每天早晨，她都赤着脚，穿着褴褛的衣服，赶一头奶牛去谷地口，那里牧草茂盛。 她坐在树荫下，同飞鸟一起歌唱，同小溪共同哭泣，嫉妒母牛的食品丰盛，期待着鲜花成长和蝴蝶飞舞。

当夕阳西下，她感到十分饥饿时，才回那间草房去。 她同养父的女儿一起大口大口地吃着玉米饼子，几个干果和醋油拌的蔬菜叶。然后，她躺在干草上，头枕着胳膊，喘着粗气睡觉，盼望整个生活就是不中断的、不做梦也不被叫醒的沉睡。

拂晓时分，养父就大声叫她干活儿。 她担惊受怕地身子哆嗦地从干草堆上爬起来，等待着斥责和拳打脚踢。

可怜的玛尔塔就这样在遥远的山坡、谷地里过了好几年。 她长大了，像花蕊中的芳香，她内心有了说不清的感情；她夜晚不时做梦，白天则浮想联翩，就像羊群整天不肯安宁一样。 玛尔塔成了一个有心事的姑娘，她像未曾开垦过的处女地，知识没有播撒过种子，经验也没有踏上过。 玛尔塔有宽阔而纯洁的胸怀，因命运的判决而流落到这个农场。 生活因四季而变化，似乎是不知名的神的影子，安坐在地球和太阳间。

我们在人口稠密的城市里度过了大部分的时间，对于农村和黎巴嫩偏远的农场的生活几乎闻所未闻。我们随着现代文明的潮流走，直至忘记或几乎忘记那美好、朴实、充满纯洁和高尚的生活的哲理。那生活，如果我们审视它，就发现它在春天微笑，在夏天负重，在秋天收获，在冬天休憩，那生活的各个阶段一如我们的大自然母亲。我们的钱财比农村人要多，他们的心灵却比我们高尚。我们播种许多，却一无收获；而他们则种瓜得瓜，种豆得豆。我们是自己欲望的奴仆，他们是自我满足的儿女。我们在生活的杯盏中啜饮掺有悲哀的苦涩，他们则畅饮清甜的小泉。

玛尔塔十六岁时，她的心灵像一面擦亮的镜子，映现出田野的壮丽景色；她的心像山谷的每一个洞穴，对所有的声音作出反应……在充满大自然叹息声的秋季的某一天，她坐在一泓深及地心的泉眼旁，心潮澎湃，诗人的想象力迸发了出来。她心神不定地注视着泛黄的树叶，秋风似死神戏弄人类灵魂般地拂弄着树叶。她转而望着花朵，它们均已凋谢。她的心随之黯淡，打不起精神来。她像妇女在动乱或战火纷飞的日子里装敛首饰珠宝那样，把花籽用土盖上。

正当她望着花朵和树木、对夏季的离去颇感痛心时，突然，她听到谷底传来了马蹄声，扭头一看，只见一名骑手正朝自己缓缓走来。当他靠近泉眼时，她见他穿着华丽衣服裁剪得体。他从马背上跳下来，礼貌地向她致敬。从没有一个男人对她如此彬彬有礼过呢。他向她说道：

"我找不到去海边的路了。你能给我指一下路吗，姑娘？"

她似一束嫩枝站在泉眼旁，兑道：

"我不认识，先生。不过，我可以去问我的养父，他知道。"

她很不好意思地说了这些话，羞涩使她显得更加美丽温柔。她正想走，那人让她站住；他的血管里青春似火，连他的眼神都变了。他说：

"不必了，你别走。"

她站在原地，十分惊异觉得他的声音中有一种力量使她动弹不了。她羞怯地偷看了他一眼，见他正专注地端详着自己，但不明就里。他意味深长地向她微笑，友好和饶有兴味地注视着她的赤足和好看的脚踝、柔滑的颈项和浓密光滑的秀发。他琢磨着，被迷惑住了，想太阳是怎样把她变白的，大自然怎样使她的身体那么壮实。而她则低着头，害羞了，不想离开，也说不出话，究竟是什么原因，她说不清。

那个晚上，奶牛自己回到栏里，而玛尔塔没回去。她的养父从地里回家后，在各个谷地找她，都没见到她。他喊着她的名字，只听见山洞和树木发出的声响。养父愁眉不展地回到草房，把找不到玛尔塔的事告诉了妻子。妻子哭了一整夜。她暗自想道：

"我有一次做梦，见到她被野兽的利爪撕烂了身子，她又哭又笑的。"

这就是我所知道的有关玛尔塔在这个美丽的农场里的全部生活。我是听村里一个老者说的。在玛尔塔还是个婴儿时，我就认识那个老者了。玛尔塔就从那个地方消失不见了，留下的是养父妻子的几滴眼泪。淡淡的回忆随着谷地里的晨风被吹走了，消失了，像孩子吹在窗子上的哈气。

2

1900 年的秋季，我在黎巴嫩北部度完假后，回到了贝鲁特。在返回学校之前，我同朋友们一起呆了一个星期。我们在城里享受着青年所酷爱的自由欢乐，而这些在家里或学校里是被禁止的。我们仿佛是一群飞鸟，看见鸟笼的门敞开了，饱尝了飞东飞西和叽叽喳喳的欢快。青春是美好的梦，书本里的许多谜语偷走了它的甜蜜，让它成为残酷的清醒。会有这一天吗？智者们把青春之梦同知识的乐趣统一起来，就像责备把互相嫌弃的心聚在一起。会有这一天吗？

大自然成为亚当之子的教员，人道主义成为教科书。 生活成为学校的那一天会来临吗？ 我不知道。 但是，我能感觉到我们向精神升华迈出的迅捷步履；那种升华正通过心灵感应对万物之美的感知和我们对美的热爱之悟性。

一天的黄昏，我坐在家里的阳台上，观看着城里空地上不停的活动，听着大街上的叫卖声。 每一个小贩都大声叫喊，说自己的货物是最好的。 一个小孩走近我的住所，他只有五岁的光景，衣服褴褛，肩上扛着几盆花。 他的声音微小，听上去让人痛心。 他说：

"先生，您买花吗？"

我看了一眼他蜡黄的脸，注视着他带着悲苦和贫困色彩的深蓝色眼睛，微张着的嘴像是忍着剧痛的胸口上一道很深的创伤。 两只胳膊瘦弱、赤裸着。 歪斜着的瘦小的个子，还扛着花盆。 他活似一块茂盛的草地中长着的凋谢了的黄玫瑰细长枝。 我端详了这一切，我露出的微笑比眼泪更苦涩。 那从内心深处发出的笑容，表现在我的嘴角上的笑容，假如把它保留下来，定令人不寒而栗。 我买了几枝花。 在买花时，我同他谈了几句。 因为，我从他忧郁的眼光后面看到一颗蕴藏着一幕穷人悲剧的小心灵。 这穷人的悲剧总是不断地在岁月舞台上上演，很少有人去观赏它，因为它令人心碎。 我温和地同他谈着，让他放心，使他亲近我。 他惊奇地望着我，因为像他这样的穷孩子对别人粗暴地对待他们已习以为常。 人们总认为这种街头巷尾的小脏孩同垃圾没什么区别，毫无分量。 唉，这些受时光箭矢伤害的小心灵。 我问他：

"你叫什么名字？"

他眼睛望着地，回答：

"我叫福阿德！"

我又问：

"你是谁的孩子，你家里人在哪儿？"

他回答道：

"我是班尼的玛尔塔的儿子。"

我随即就问：

"你爸爸在哪儿?"

他摇摇小脑袋，好像不知道爸爸的意思。 我便又问：

"那你妈妈在什么地方，福阿德?"

他说：

"她病了，在家里。"

这简短的回答从孩子的嘴里传入我的耳际，我的感情吮吸着这些图象、幻影——令人忧郁和奇怪的图象和幻影。 在一瞬间，我明白了可怜的玛尔塔——我从那个村里人听过她的故事——现在正病倒在贝鲁特。 那个昨日的少女、在谷地林间安闲地生活着的少女，今天在城里忍受着饥饿和痛苦的熬煎；那个在大自然的怀抱里在美丽的田野里以放牛为生、度过青春年华的孤女，同城里腐臭的河岸一样沦落，变成苦难和悲哀利爪间的猎物。

我思索着，想象着这些事。 那孩子则望着我，他似乎看见、以他纯净的心灵之眼看见我的心碎了。 当他想走开时，我抓住他的手说：

"领我去你妈妈那里，我想去看她!"

他默默地、十分奇怪地领着我走，不时地回头看看我，以确认我是否真的跟着他。

在肮脏的小巷里散发着死神气息的恶臭。 在破旧不堪的住房里，坏人正在作恶，躲在阴暗的角落。 在曲里拐弯的胡同里，藏有盘踞着的毒蛇。 我有点胆战心惊地跟着那孩子走，他纯洁、勇敢，在这被东方人称为叙利亚新娘和国王王冠上的明珠的城市里，即使是熟谙下层居民诡计的专家，也没有他那么自信。 我们走到街区的尽头，孩子走进一个破旧的房间。 我跟着走进去，心怦怦地跳着。 屋子里十分潮湿，没有任何家具，只点着一盏微弱的油灯，发出黯淡的黄光。 一张破床表明贫困的程度。 床上躺着一个女人，她脸冲墙睡觉，仿佛以此保护自己不受世道黑暗的侵害，也许她认为在墙壁里有一颗比世人更温和的心。

孩子走近床榻，喊道：

"妈！妈！"

她转过脸，见到他示意我在场，便在破烂不堪的褥子上动弹了一下，以充满心灵悲痛和苦涩叹息的声音说道：

"你要什么。先生？你是来买走我最后的生命吗？你是把我生命的最后一刻变成你贪欲的污秽吗？走开，小巷里有的是出卖肉体的女人，她们的心灵卖最低贱的价格。我没什么可卖的了，我只剩下断断续续的几口气，死神不久就要以坟墓之乐把它们买走了！"

我走近她的床，她的话刺痛了我的心，她的话是她悲惨故事的概括。我想尽可能言辞达意，表达我的感情：

"不用怕我，玛尔塔，我不是作为饥饿的野兽，而是作为一个痛苦的人到你这里来的。我是黎巴嫩人，在谷地和靠近雪杉林的村子里住过一阵。别怕我，玛尔塔！"

她听了我的话，觉得它发自一颗同她一样痛苦的心灵内部，又在床上动弹起来，犹如寒风中光秃秃的树干。她用手蒙住脸，想面对着回忆时遮住自己；那回忆既恐怖又甜蜜，既美好又苦涩。在一阵无声的叹息后，她哆嗦的手挪离了面孔，我见到那双凹陷的眼睛正盯着房间内一个看不见的地方，干涩的嘴唇沮丧地翕动着，嗓咙里发出断断续续的深沉的呻吟，夹杂着临终者的咯咯响声，表示着恳求怜悯、无可奈何的痛楚和虚弱。她说：

Khalil Gibran

"你来做好事，同情我，让上天替我报答你吧——假如上天是公正廉洁的，对于受轻视的人是善良的话。但是，我要求你从哪里来，还回哪里去。因为你呆在这个地方会给你带来耻辱和指责，你同情我，会给你带来罪责和不幸。别等别人看见你在这间遍布猪粪的肮脏的屋子里，快回去吧。快走，用衣服遮住你的脸，免得过路人认出你。充满你心灵的同情不会还我清白，不会抹去我的过失，不会将强有力的死亡之手从我心脏上移开。由于我的悲苦和过错，我被流放到黑暗的底层；别因你的怜悯，使你沾上错误。我像是居住在墓地的麻风病患者。别靠近我，因为社会会视你为卑贱；假如你靠近我，社会便会疏远你。 你现在就回去，在那神圣的谷地不要提起我的名字，因为长有疥癣的绵羊不被牧人收留，他怕疾病染上整个羊群。 如果你提到我，便说班尼的玛尔塔已经死了，别的什么也别说。"

她随后握住儿子的一双小手，深情地吻着，又喘息着说：

"人们将会以蔑视和鄙弃的眼光注视着我的孩子，并且说道：'这是罪恶之果，是妓女玛尔塔的儿子，是耻辱的儿子，遭弃绝的儿子。'他们提到我时，会说得更厉害。 这是因为他们是看不见的瞎子，他们是些蒙昧之人，不知道孩子的母亲以痛苦和泪水洗刷干净自己孩子的童年，以他的苦难和悲惨赎回了他的生命。 我将要死去，把他留在这些窄小的巷街中，成为忍受残酷生活的孤儿。 留给他的只是恐怖的回忆：假如他胆怯，回忆只能使他羞愧；假如他勇敢，回忆将激发他的热情。 假如上天保护他，使他成长为强者，上天是帮助他和他的母亲。 假如他死去，逃避岁月的罗网，他会发现我在光明和安逸的所在，等待着他的到来！"

我的心给我以启示，于是我说：

"你不是麻风病患者，玛尔塔，即使你安息在坟墓中；你不是污浊的人，即使你把生命交给污浊的人们。 躯体的污浊不会影响纯净的心灵，堆积起来的冰雪不会冻死活着的种子。 这生活就是忧愁的打谷场，一大捧心灵在奉献自己的贡品之前，就在那场上被碾轧。不过，被抛在场外的穗粒十分悲惨，不是被地里的蚂蚁运走，就是被天上的飞鸟啄光，而进不了田园之主的谷仓。 你是被欺压的，玛尔塔，欺压你的正是王公贵族，拥有众多的钱财和渺小的心灵。 你是被欺凌的，受轻视的。 对于人类来说，受欺压的人比欺压别人的人更好，软弱的牺牲者比粉碎生活之花和以欲念歪曲感情美德的强者更好。

"玛尔塔，心灵是神性之链上的金环，炽烈的火也许能将之熔化，改变它的样式，抹去它的形状之美；但是，火不能把金属变成其他物质，火只能增加它的光亮。 而干草一遇火，就被吞噬，变为灰烬；风刮来时，把它飘撒在沙漠上。

"哎，玛尔塔，你是遭野兽践踏的花朵，这只野兽正隐藏在人类的神殿之中。 它的蹄子蹬踹你，但它无法掩盖你同孤儿寡母号叫啼哭声一起升腾的芬芳；这号叫、啼哭、芳香同穷人的叹息声直上九重天——公正和仁慈之源。 你该以自己是花朵、被蹂躏的花朵而不是残忍的脚掌自慰！"

我说这番话时，她仔细听着。 这番话在她蜡黄的脸色上点燃了慰藉的光辉，如同温柔的夕阳余晖照亮了云层。 随后，她示意我坐在她的床边。 我边坐边注视那张显示出忧郁的内心隐衷的面容：那是张已知自己死去的面容，是一个正值青春的少女、但已感到死神之足已踏上了她的破床的绝望人的面容，是一个昔日生活在美丽而充满生机与活力的黎巴嫩山谷、而今被抛弃的女人的面容。 今天这个女人已变得形容枯槁，期待着从生活的桎梏中解脱。 在令人难忘的静寂之后，她积聚起力量，边说边落泪，心灵同呼吸一同起伏。 她说：

"是的，我是受欺玉的，是那个隐藏在人类之中的野兽的牺牲品；我是遭蹂躏的花朵。 那时，我坐在泉眼边，正好有一个男人骑着马经过……他温文尔雅地同我交谈。 他说我是个漂亮的姑娘，他爱我，不会抛弃我；他还说旷野十分荒凉，谷地是飞鸟栖息和胡狼出没之地……后来他弯下身子，拥抱我，亲吻我。 在此之前，我从未尝过亲吻的滋味，因为我是个遭遗弃的孤女。 他让我坐在他的身后，不久把我带到了一座美丽的房屋里。 他为我拿来了丝绸锦缎，扑鼻的熏香，美味的食品和可口的饮料……他在做这一切的时候，始终以甜蜜的微笑和文雅亲切的谈吐，掩饰其欲念的狰狞和目的的兽性……在他从我身体上满足了他的欲念后，在摧残了我的心灵后，他撇下我，在我的内心深处丢下了一个熊熊燃烧的火炬，吞噬我的肝脏。 这火越烧越旺，我只得出走到这痛苦的雾障和啼哭苦涩交织的黑暗中……

"就这样，我的生命一分为二，一部分是虚弱和痛苦的，一部分是渺小的，在寂静的夜晚呐喊，要求返回广阔的天空。 在这孤零的

Khalil Gibran

家里，我和我的婴儿被不公所遗弃，忍受着饥饿、寒冷和孤独，我们只得求助于啼哭和号啕，得到的却是恐惧和梦魇……

"他的狐朋狗友知道我的住处和了解我的窘况困境后，便一个接一个来我这里。每人都想以金钱购买贞操，拿面包换取肉体的尊严……啊，我多少次抓住我的灵魂，要把它交给那永恒世界；但我不得不撒开它，因为它不属于我自己，它还属于我的儿子——上天让他也过着这种生活——它把我抛入这深渊的底层……现在，时间已到，我的死神新郎已经来了，要把我引导到他柔软的床榻上！"

深沉的寂静，好像这寂静抚摩着飞翔的灵魂。她抬起被死亡荫蔽的眼帘，缓慢地说道：

"神秘的公正啊，隐藏在这恐怖景象后面的公正啊，你，你听到我发出告别的呼号，变得缓慢乏力的呼声吗？我只向你要求，恳求你，可怜可怜我，照顾我的儿子，以宽慰我的灵魂！"

她耗尽了力气，喘息变得更弱了，向儿子投去悲哀的一瞥，同时也是温存慈爱的一瞥。她微微转向我，以几乎无声的嗓音说道：

"我们的在天之父……愿你的名字神圣……让你的天使来吧……愿你在天上的意愿实现……请你宽恕我们的过失……"

她的声音中断了，但嘴唇还在那里颤动了一小会儿。随着双唇的静止，她全身的活动停止了。她痉挛了，呻吟了，脸色惨白，灵魂离去。而她的双眸仍然望着看不见的什么。

黎明到来，班尼的玛尔塔的尸体被放进一个木质棺材里。两个穷人抬起灵柩，把它葬进远离市区的一处无主坟地。牧师拒绝为她祈祷，公墓也不接纳她的尸骨。送葬的只有他的儿子，还有被这生活的灾难教会怜悯别人的另一个青年人。

疯子约翰

1

在夏季的日子里，约翰每天早晨都去田里。 他赶着几头牛和小牛犊，肩上扛着犁铧，倾听着㘰鸟的鸣啭和树枝的沙沙响。 正午时分，他走近在草原洼地间的湍急小溪，边啃干粮，边给小鸟扔些面包渣。 傍晚时分，当西方的天空只剩几线光明时，他才回到简陋的住处。 他的房子居高临下，俯瞰村庄和黎巴嫩南部的农场。 他平静地同年迈的双亲坐着，倾听他俩关于以往旧闻的谈话，既舒服又困倦。

在冬季的日子里，他总是倚着火炉取暖，听着狂风呼号和各种声响。 他思考着这四季是如何轮换交接，望着远处白雪皑皑的小丘以及落光树叶的树木。 这些树木恰似一贫如洗的穷人，在严寒和狂风的利爪下被遗弃在外面。

在漫长的夜晚，他就在家里熬夜，等着父亲去睡觉后，打开柜子，取出《新约》，在微弱的灯下阅读。 在读书时，他不时地回头小心翼翼地看看父亲。 因为父亲不允许他阅读这本书。 牧师们禁止普通人了解耶稣教导的奥秘，如果有谁去读了，那么就剥夺他从教堂得到的任何好处。

约翰就这样在充满美好的千奇百怪的事物的田园里，度过着自己的青春时期，同时熟读了耶稣那本充满光明的精神的书籍。 他常常静静地聆听双亲的谈话，从不发表看法，总是在沉思。 他和小伙子们在一起时，也是一言不发，望着远方——地平线和蓝天相连之地。如果他去一回教堂，回来时总愁眉不展。 因为他从布道和祭坛上听到的教导，总与他所阅读的《圣经》不一样。 教徒同头面人物的关系并不是耶稣所讲的那么美好。

春季来临，冰雪从田野和草原上消失了，只是在山顶上还残留着。不过它也在融化，变成涓涓的细流，汇入谷底，最后形成湍急的河流。那哗哗的流水声叙述着大自然的苏醒。杏树和苹果树开花了，白杨和柳树枝叶满干。大路小径两边满是青草和花朵。于是，约翰厌倦了火炉边的生活，也知道他的牛犊也厌烦在窄小的圈里呆着，渴望碧绿的牧场。奶库存奶很少，麦草也已告罄。约翰更换了牛具，赶着牛去原野。他用外套盖住《新约》，不让任何人看见。

他来到牧场。牧场坐落在艾尼修道院附近的谷地山坡上。牛犊四散开，嚼着嫩草。他则背靠一块巨石，一会儿望望谷地的美丽景色，一会儿读几行经文。他当时阅读的是《天使》。

那天是斋戒的最后一天，村里的居民都忌食肉类，期待着凭借忍耐迎接复活节的到来。而约翰同其他贫苦的农人一样，对他来说，斋戒和其他日子没有区别。对他来说，整个生活都是漫长的斋戒。他的食物无非是额角汗水和成的面包，用心血购来的果实，与肉食和美味食品绝缘已是平常事。斋戒后的可口之食不是在他身体里，而是在他的感情中，即对人之子耶稣悲剧的回忆和他在大地上生命最后时刻的思念。

飞鸟叽叽喳喳地围绕着约翰飞翔，几群鸽子迅速掠过。花枝随风摇曳，沐浴在阳光下。他专注地读着书。随后他扬起头，望望城市农村座座教堂的尖顶，听听它们的钟声；又闭上眼睛，思绪飞向古代的耶路撒冷，追寻着耶稣在大路上的足迹，询问着过路人——他们回答说，这里盲人复明了，瘫痪的人站起来了；那里的人们为他编了荆棘环，并给他戴在头上。在这个柱廊，他对众人讲解理想；在那座宫殿里，他们把耶稣反剪起来，绑在柱子上，打他的耳光，还用皮鞭抽他。在这条路上，他宽恕一个淫妇的过错；在那里，他因十字架的重负而倒在地上。

时间在流逝，约翰设身处地地同人神一起痛苦，而精神上感到光荣。他突然悟到，已经过了半天，便站了起来，环顾四周，却不见他的牛犊。 他边走边望，哪儿都没有这些小牛。 他颇为惊讶，在这平展展的草地上，牛怎么会不见了呢？当他来到弯路口，见远处有一个穿着黑衣的人，正在苗圃里，便快步走过去。

等靠近那人时，约翰才知道那是位修士，便低头致意，然后问道：

"神父，请问你见到一些牛犊经过这些苗圃吗?"

修士努力掩饰自己的怒气，望着他，恶狠狠地说：

"是呀，我见到了。 它们在那边呢，过来，去看呀。"

约翰跟着修士来到修道院，突然见到那些牛犊正在一个宽敞的圈里，四周有绳子围着，还有一个修士看守着。 修士拿着一根大棒子，只要牛犊一动，他就打下去。 约翰想去牵牛犊，修士却拉住他的衣角，朝着柱廊，竭力喊道：

"这是那个有罪的牧人，我抓住他了。"

神父和修士闻声从四面八方跑来，跑在最前面的是院长。 院长同别人的区别在于衣服紧身，神情阴郁。 他们把约翰围在中间，活似包围了一头猎物。 约翰望着院长，问道：

"我干什么就成了有罪之人？你们为什么抓住我不放?"

院长生气的脸上露出严厉的神情，以锯子锯木头般的声音回答：

"你的牛犊吃了修道院的庄稼，还啃了葡萄藤。 我们抓住你，因为牧人要对牲口损坏庄稼负责。"

约翰请求同情地说：

"那是些牲畜，没有灵性，神父。 我是个穷人，我只有力气和这些牛。 请放了我，我牵着牛走，我答应你，再也不到这块牧场来了。"

院长往前走了一两步，抬手向天，说道：

"上帝把我们置于此地，委托我们保护由他选择的地方。 我们昼夜尽力保护它，因为它是神圣的。 它如烈火焚烧所有靠近它的人。 如果你拒绝修道院同你算账，在你牛犊胃里的草就会变成毒药。 不可能拒绝的，因为我们把你的牲口关在圈里，你没有别的

办法。"

院长随即想走，约翰拦住他，低三下四地恳求道：

"先生，我以神圣的日子对你发誓，耶稣在这神圣的日子里受难，玛丽亚为之哭泣，请你放了我的牛犊，不要对我那么残酷，我是个可怜的穷人，修道院是富有的、伟大的。修道院会宽恕我的疏忽，怜悯我年迈的父亲。"

院长转过脸望着他，讥讽道：

"修道院不宽容你一丝一毫，蠢家伙，不管你有钱还是贫困，你别以一些神圣之物对我发誓，因为我们比你更懂得它的奥秘。假如你想牵着你的牛犊从畜圈里走出去，就要付出三个金币赔偿它们吃掉的庄稼。"

约翰声音几乎窒息地说：

"我连一分钱都没有，神父。可怜可怜我，怜悯我的穷困吧。"

院长捋捋浓密的胡须，说道：

"去吧，卖掉你一块地，带着三个金币回来，你没有地进入天堂比因在他的祭坛前抗议而得罪伟大的主要好，比在末日坠入永久火刑的地狱要好。"

约翰一言不发地站在那里。过了一会儿，他的眼睛一亮，紧皱的眉头舒展开来，显露出力量和意志，原先请求怜悯的表情为之一扫。他的声音表现出青春的决心和知识的旋律。他说：

"穷人会卖掉赖以为生的土地，去增加堆满金银的修道院的仓库的财富吗？穷人变得更穷，直至饿死，以弥补他牲畜的过失，最终求得伟大的主的原谅，这能算得上公正吗？"

院长傲慢地说：

"耶稣基督说过：'谁被给予，谁富有；谁没有，就被剥夺。'"

约翰听到这些话，内心激愤不已，感到自己比以前更高大了，脚下的地球也长大了。他从口袋里掏出《新约》，好像士兵抽出佩剑一样。他大声说：

"你们就是这样戏弄这本书的教导，口是心非的家伙们！你们就是这样运用生活中最神圣的来散布生活之恶吗？假如人之子耶稣再来的话，你们就要倒霉了。他会毁掉你们的住房，把建房用的石头扔进河谷。他还要焚烧你们的祭坛，你们的图画和雕像！我诅咒你们，以耶稣无辜的鲜血和他母亲纯洁的泪水发誓；他们的血泪变为洪水，冲到你们的头上，把你们卷到深渊之底！一千零一次地诅咒你们，你们这些屈服于贪欲偶像前的人，你们披着黑衣以掩盖你们干下的伤天害理的事情。你们动嘴祈祷，心肠却似石头般僵硬；你们谦恭地跪倒在祭坛前，你们的心却背叛了上帝。你们阴险地把我带到这充满罪恶的地方，把我当罪犯抓起来，仅仅是为了由阳光为我和为你们哺育的一点点庄稼。当我以耶稣的名义请求你们的同情时，当我发誓，以耶稣受难和挨饿发誓时，你们却嘲笑我，好像我说的都是些蠢话。再说，你们在这本书里找找，指给我看耶稣什么时候不宽宏大量。你们读读这些天上的悲剧，告诉我耶稣什么时候不讲怜悯和同情：是在山里讲道时，还是当着那位可怜的被奸淫的女人的面？在神殿里说过，还是在他被钉在十字架上，仍要拥抱人类的髑髅地时说过？

Khalil Gibran

　　"喂！你们这些心地残忍的人，看看这些贫困的城市和乡村吧。在家里，病人在痛苦的床榻上辗转反侧；在监狱里，人们度过悲哀沮丧的岁月。乞丐在他们的门前乞讨，外乡人在路上露宿，寡母孤儿在亲人的坟前哭泣呼号。而你们却在这里慵懒地享受，吃着田野里的果实，喝着葡萄美酒。你们不看望病人和囚徒，从未尝过饥饿的滋味，也没有流落异乡的感觉，更没有悲哀的情绪。

　　"但愿你们满足于已有的和巧取豪夺的。你们像毒蛇探头一样伸出你们的手，抢走寡妇手工制造的物品和农民为养老留下的东西。"

　　约翰停下来喘喘气，然后豪迈地抬起头，从容不迫地说道：

　　"你们人多势众，我只有我一个，你们想怎么对我就怎么对我好了。狼乘着夜色猎取羊羔，可是血迹留在谷地的石子上，直至黎明日出。"

约翰讲话时，语音中充满了高尚的力量，让修士们的内心充满惊惧，他激怒了他们。 他们好像被关在窄笼子里的饥饿的外乡人，气得发抖，咬紧牙关，等着院长一声令下，好把约翰撕碎，踏在地上。约翰不说话了，此处无声胜有声，刚才那番话不啻摧枯拉朽的暴风。

院长大叫：

"抓住这个不听话的罪犯，把他的书抢过来，把他推进修道院的黑屋子里去。 谁对上帝的选民不敬，在这里，直至永远都得不到宽恕。"

修士们一拥而上，像猛兽扑向猎物一般，把他拉进一间小屋子，在粗暴地折磨和拳打脚踢了他之后，把他锁起来了。

在这间漆黑的屋子里，约翰像一个战胜了所有敌人的胜利者站立着。 他透过一个小孔俯瞰充满白昼光明的谷地。 他神采奕奕，精神舒畅，一种甜蜜的感觉占据了他的心房。 这间窄小的屋子只囚禁了他的身体，而他的心灵仍然同拂过废墟和牧场的微风一样自由。 修士们打痛他全身的手并未触及到他同拿撒勒人耶稣为伴的感情。 一个人如果正直，压迫不能使他受难；那个人如果握有真理，黑暗消灭不了他。 苏格拉底微笑着坦然喝了毒药，保尔欣悦地接受了石击刑。 不过，那神秘的内心，如果我们违拗它，我们便受苦；我们背叛它，我们便灭亡。

约翰的双亲听到他俩独子的事情后，母亲拄着拐杖去修道院，见到院长，泪珠便扑簌而下。 她亲吻院长的手，请求他怜悯她的儿子，原谅他的无知。 院长抬眼望天，像是不屑于世间的一切，说道：

"我们可以原谅你儿子的轻率鲁莽，宽容他的疯狂。 但是，修道院的神圣权利必须得到尊重。 我们总是让一步，原谅人们的失检，而伟大的主不原谅和宽恕糟蹋别人的葡萄和乱踩庄稼的人。"

约翰的母亲望着院长，眼睛里噙满了泪水。 她用满是皱纹的手拭去泪珠，不一会儿，她从颈项上摘下银项链，把它交到院长手中，说道：

"我只有这一条项链了，神父，这是我结婚那天我母亲送给我的礼品，请修道院收下，以弥补我唯一的孩子的过失。"

院长把项链装进自己口袋，对正在亲吻他的手、以表示感激和谢恩之情的约翰母亲说：

"该死的这一代，《新约》里已经反映了这一点。现在孩子们吃酸葡萄，父亲们倒了牙。走吧，善良的女人，为你发疯了的儿子祈祷吧，让上天治愈他的病，恢复其理智。"

约翰走出囚禁地，慢慢地牵着小牛走着，在他旁边是低头拄棍的年迈的母亲。他到了自己家后，把牛牵进畜栏，默默地坐在窗前，注视着白昼光明的消失。不一会儿，他父亲听到他母亲耳语道：

"我过去对你说你的孩子心神错乱了，你多么不爱听啊。现在，我看你不反对这个说法了。因为他的所作所为已经证实了我的话。威严的修道院长今天也说了我几年前所说的话。"

约翰仍然望着西方，那里的云彩被落日余晖映照得五颜六色。

2

复活节到了，人们中断了不吃美味佳肴的斋戒期。布舍里城内宏伟的新神殿竣工了，它与简陋住宅相比，简直是鹤立鸡群。人们期待一位主教的到来，使神殿更加神圣，还希望他主持弥撒。当人们知道他将要抵达后，便成群结队地拥到路上。在少女们的欢呼歌唱声中，修士们的赞美声中，各种乐器的敲击声中，人们把他迎进城里。当他跳下饰有绣边和银制笼头的骏马时，头面人物都趋前致以问候，大声朗诵诗歌和齐唱颂歌。当他来到新殿时，穿上了饰有金边的长袍，戴上了镶有宝石的帽冠，握着雕刻精致、嵌着玉石的手杖，围绕新殿走了一圈，同修士和神父们一起祈祷和诵读誓言。在他们四周，香烟缭绕，明烛晃动。

此时此刻，约翰正同牧人、农人站在高坡上，以不安的眼睛注视着这一场面。他痛苦地叹息，悲哀地呻吟。因为，他注意到，一方面是绫罗绸缎，闪光发亮的金器，贵重的银质蜡台和香炉；另一方面则是一大群来自农村和小农场的可怜的穷人，欣喜地观看复活节和新殿落成的庆典。 一方面是要人们穿戴着天鹅绒和绫罗绸缎；另一方面是受苦受难的人裹着破布片。 这里是有钱有势，以赞美和诅咒代表着宗教的一伙；那里是受轻视的软弱的人民，他们为耶稣从死者中复活而窃喜，平静而悄声地对着以太的听觉发出来自破碎内心的炽热的叹息。 在这里，头面人物视权势为生命、为长青柏树一样的东西；在那里，悲苦的农人将顺从当作生命，像是乘上一条由死神当船长、而风暴摧毁了风帆和船舵的船，在风暴中或起或落。 这里是残酷的专制，那里是盲目的服从。 谁是谁的源头？专制是只生长在低地里的强有力的树呢，还是服从是被弃耕的田地，上面只长有荆棘？

因为这痛苦的思量和令人难受的考虑，约翰十分忙碌。 他的双臂按摩着胸部，好像自己无法呼吸，他担心自己的七窍被粉碎。 庆典刚一结束，人们想离开和散去时，他感到空中有一种神力在忠告他，有一种推动他的精神的力量，似乎在敦促他当着天地的面宣布他最秘密的意念。 约翰走向柱廊的一端，抬眼，举起一只手向上，以让所有的人听见和让所有观看的人停下的声音大叫：

"请看呀，坐在最高的光明之界中心的拿撒勒人耶稣，请你从绿色圆顶的后面看看这个地球，今天穿上了各种元素的外套。 请看呀，忠诚的卫士，崎岖的土地上的荆棘窒息了靠着你额角上的汗水滋润的鲜花。 请看呀，善良的牧人，野兽的利齿咬住弱小羊羔的肋骨，而羊羔正在你的肩上。 请看呀，你纯净的血渗入了大地深处，你的热泪已干涸在人类的心脏中，你呼出的热气面对沙漠风暴变得虚弱无力，你脚下的神圣的田园已变成战场，强者的铁蹄踏烂了被抛弃者的肋骨，暴君的手掠去了弱者的灵魂……以你的名义坐在王位上的人不听黑暗中扬起的失望者的呼叫，在讲坛上播讲你的教导的人不理会失意者的号啕。 你为生活的话语而派遣来的羊只已变成了猛禽，把你拥抱在胸前的羊只用利齿扯碎。 你降下的来自上帝的胸口的生活话语，消失在图书当中。 可怕的喧嚣取代了它的位置，心灵为之震颤。 耶稣啊，他们为了他们的美名，建起了教堂、神庙，用丝绸和金子包裹。 他们把你贫困的选民赤身裸体地扔在冰冷的小巷里，用袅袅的香烟和蜡烛的火苗充满天空；他们用你的神学填满信徒的腹腔，而不给他们面包；他们用赞美诗和颂扬充满整个天空，却不闻不问孤儿的呼叫和寡妇的叹息。

"第二次来吧，活着的耶稣，把叫卖宗教的人从你的神殿中驱逐出去。 他们把神殿变成他们欺诈的毒蛇之窟。 请过来，清算这些恺撒。 他们掠走了属于弱者的和属于上帝的东西。 请来呀，看看你栽下的葡萄，虫子啃掉了它的根茎，流浪儿的脚踏光了它的嘟噜。 请来呀，请看那些你所信任的人们，内部分崩离析，彼此争吵，互相厮杀。 他们杀戮所留下的只是忧伤的心灵和虚弱的胸怀……在节日和庆典上，他们大声地说道：

"'光荣属于在天上的上帝，他给大地降下和平，给人们以欢乐。'

"你的在天之父会对罪恶之口和虚假喉舌吐出他的名字感到光荣吗？当苦难的孩子们在烈日当空下的田野里耗尽气力，以喂饱强者之口和暴君之腹时，地球上能有和平吗？当可怜的人们以被征服者失神的眼光像注视着救星那样望着死神时，人们能欢欣吗？

"和平是什么，可爱的耶稣？它存在于依偎在饥肠辘辘的母亲怀中、生活在寒冷阴暗家中的儿童的眼中吗？它抑或存在于躺在石床上，期待吃上一口修道院的修士们扔给肥猪的食物，结果却什么也得不到的残疾人身上吗？

"欢乐是什么，美丽的耶稣？靠国王用银币购买男子的膂力和女人的贞操，能得到它吗？凭我们默不作声，身心甘做奴隶——眼睛惊讶地盯着金子闪光、勋章发亮、房屋富丽和衣饰精美的人的奴隶——能得到它吗？当我们控诉、责难时，他们便派人携带宝剑，骑上骏马袭击我们，我们的妇孺因而粉身碎骨，大地血流成河，这有什么欢乐可言？

"请伸出你的手，强大的耶稣，可怜我们，因为不公之手压制着我们；或者，请派死神来，将我们领往墓地，我们将幸福地长眠在那

Khalil Gibran

里，受你十字架的庇护，直至你第二次到来的时刻。 因为生命不是我们渴望的生命，而是罪恶灵魂竞争的黑暗和不义，是毒蛇蜿蜒的山谷。 岁月不是我们渴望的岁月，而是我们床笫间被夜晚遮掩的利剑，拂晓将之悬在我们的头顶之上，对生存的热爱把我们引向田野。

"耶稣呀，怜悯这群在你从死人中复活时，以你的名义集合起来的人，同情他们的屈辱和软弱。"

约翰同天密语，人们围在他身边，有的满意地叫好，有的愤怒地鄙视。 有人叫：

"他说的是真理，他当着天说明我们的情况，我们是受欺辱的。"

有人说：

"这个人精神错乱了，以邪恶的灵魂之舌讲话。"

有人说：

"我们从未从祖辈那里听到过这样的谵语，现在我们也不听他的。"

还有人对旁边的人耳语道：

"我感到，当我听他的声音时，我内心感受到具有魔力的战栗。他是以一种奇特的力量在讲话。"

旁边的人回答说：

"是的，但是首领们比我们更了解我们的需要，如果我们怀疑他们那是错误的。"

四面八方传出这种种议论，并且汇合在一起，最后消失在空中。这时，来了一个神父，抓住约翰，把他交给警察局。 警察们把他领到市长那里。 当审讯他时，他一句话都不回答，因为他记得耶稣在面对迫害者时，也是默不作声的。 他们把他投入监狱，那里漆黑一片。 他平静地睡着了，紧挨着石墙。

第二天清晨，约翰的父亲来了，向市长陈述他独子的疯狂。他说：

"我常常听到他独自胡言乱语，我的主人，他说些没有事实根据的奇怪的事情。 有许多夜晚，他不睡觉，对着寂静说些听不懂的话。 他用令人毛骨悚然的声音呼唤夜间的幻影，那声音可同变妖术的占卜者的声音相比。

"请你问问街区的孩子们，我的主人，他们常听他讲，知道他的智力被吸往遥远的世界。 他们同他交谈，他不回答；当他说话时，又同他们所问的风马牛不相及。

"请你问问他的母亲，她最清楚他在感知方面的结局。 有许多次，她见到他目不转睛地望着天际，听见他热切地同树木、河渠、花朵和星宿说话，就像一个儿童说那些琐屑小事。

"请你问问修道院的修士，昨天他们还同他争吵过，他蔑视他们的修行和虔诚，否认他们生活的神圣。

"他是个疯子，我的主人，但是他对我和他的妈妈十分关心。我们老了，他赡养我们；为了满足我们的需要，他整日操劳。 请怜悯他，就算可怜我们，原谅他的疯狂，你是仁慈的父母。"

约翰被释放了，他的疯名传遍四方。 孩子们提到他时，总是带着讽刺。 姑娘们惋惜地望着他，说道：

"天下怪事多，都集中在这个小伙子身上了：漂亮的脸蛋，错乱的精神，温和的目光，病态的心灵。"

在牧场上和小路边，绿草茵茵。 约翰坐在牛犊附近，远离亚当之子的劳累，享受着放牧的乐趣。 他以泪汪汪的眼睛，注视着谷地两边的农村和农场，带着深沉的叹息说：

"你们人多势众，我只有自己，你们想对我说什么就说什么好了，想干什么就干什么好了。 狼在漆黑的夜晚袭击羊羔，但是，它的血迹留在谷地的石子上，直至拂晓日出。"

1908

关偁译

叛逆的灵魂

献给曾拥抱我的灵魂的那个灵魂，献给向我的心灵袒露了许多秘密的那个心灵，献给擎起我情感的火炬的那只手。

——纪伯伦

沃丽黛·哈尼

1

这个男人是多么的不幸：他爱上了一个少女，把她当作终身的伴侣；在她的面前，他洒下了汗水和全部的心血，奉献出劳作的收获和奋斗的果实；后来，有一天他突然发现，姑娘的心——他试图以勤勉的白昼和不眠的夜晚赢得的心——已经毫无代价地送给了另外一个男人！那人占有了少女的心，幸福地享用着她的爱情。

这个女人是多么的不幸！当她从豆蔻之年的轻率中醒悟时，发现自己置身在一个男人的家里。那个人给了她许多钱财，对她彬彬有礼，温存多情。但是，他却无法在她的心间燃起爱情的烈焰，也不能让她的灵魂畅饮天堂的琼浆。正是上帝将这琼浆从男人的双眸倾注到女人的心房。

我自幼就认识拉希德·贝克·努阿曼。他是黎巴嫩人，出生在贝鲁特，并一直生活在那里。他出身于一个古老而富足的家庭，这家人对祖辈的显赫业绩津津乐道。他本人也总爱向别人提起先人的崇高品德。在生活中，他接受祖先的信仰，遵循他们的传统，仿效他们的习惯，乃至穿上如同东方天空中鸟儿展翅般飘舞的奇异服装。

拉希德·贝克心地善良，品德高尚。但他像许多居住在叙利亚①的人一样，观察事物往往比较肤浅，不能由表及里，抓住其本质；不能细心聆听心灵的旋律，刚听到一些响动便感情冲动；不去探索生活

---

① 这里指历史上的大叙利亚，包括现在的叙利亚、黎巴嫩、约旦和巴勒斯坦等地。

的真谛，被一些炫目的五光十色所左右；不去研究存在的奥秘，只顾一时的欢乐。 他属于那种对人对事都很轻率，不假思索便表示爱憎，而事后又后悔自己鲁莽的人。 自然，这种后悔不仅得不到谅解和宽恕，反而招致讥笑和嘲弄。

正是这种性格和品德使拉希德·贝克同沃丽黛·哈尼结合了。在他的心同她的心真正融合在一起之前，也就是产生使夫妻生活充满幸福的真正爱情之前，他同她结婚了。

我离开贝鲁特多年后重返那里时，立刻就去拜访拉希德·贝克。我见他身体虚弱，面黄肌瘦，郁郁寡欢。 从他那忧佐的眼中流露出的痛苦不堪的神情，无声地叙述着他心灵的悲痛和胸中的委屈。 我思忖良久，怎么也想不到是什么使他这样身心交瘁和沮丧颓唐。

我问他："你怎么了，男子汉？ 昨天的满面春风和奕奕神采到哪里去了？ 往昔伴随你的青春欢乐到哪里去了？ 是死神把你同亲密的朋友分开了，还是不幸的黑夜劫走了你幸运的白昼所聚敛的钱财？ 看在友情的分上，告诉我，你内心如此烦恼，身体这样瘦弱，到底是怎么一回事？"

他悔恨交加地望了我一眼，好像那些美丽的往日情景又重现眼前，但这情景随即消逝了。 他的声音中充满了绝望，他说道：

"一个人，如果失去一个亲密的朋友，他因可在周围找到许多朋友而宽慰；一个人，如果亏了本，他可以略加思忖，只要他活力仍在，还可以赚回同样多的钱财，便忘掉了痛苦，感到慰藉。 可是，一个人如果失去心灵上的安宁，从什么地方可以寻回来，用什么能补偿呢？ 死神张牙舞爪，狠掴你的耳光，你很疼；但要不了一天一夜，你便感到生命之手的抚摸，于是又绽露笑容而欢乐起来。 命运之神突然降临，圆睁着那可怕的眼睛，狠狠地瞪着你，伸出锋利的爪子掐住你的脖颈，把你狠摔倒在地上，又将沉重的铁蹄踏在你的身体上，然后狞笑着离去；可是，不久，它回到你身旁忏悔，请求你的宽恕，用丝绸般柔软的手掌救了你，并唱起希望之歌，你便欢欣起来。 许多灾难和痛苦的艰辛，随着夜晚的降临落到你的头上；但当黎明升起

Khalil Gibran

49

时，这些又都消失不见了，你感到自己坚毅、充满了信心。

"假如你应得的份额像一只小鸟，你喜欢它，用你的心血哺育它，用眼睛的光辉浇灌它，用肋骨构筑它的小巢。当你注视着它，用心灵的光芒梳整它的羽毛时，它突然从你眼前飞走了，盘旋在蓝天，然后飞到另一只笼子，再也不肯返回。男子汉，你将怎么办？告诉我，你怎么办？在什么地方能得到耐心和安慰？怎样才能有信心和满怀希望？"

最后几句话，拉希德·贝克是哽咽着说出来的，他站在那里，像一根枯草在风中瑟瑟发抖。他向前伸出双手，像是要用弯曲的手指抓住什么东西，把它撕成一片一片的；血涌上他的面颊，那满是皱纹的皮肤染上一层暗色。他瞪着圆圆的眼睛，眼珠不错地盯着前方，足有一分钟之久，好像面对着一个魔鬼，它要扼杀他。

过了一会儿，他向我转过脸来，脸色剧变，枯瘦躯体里的恼怒和愤恨已变成了痛苦与悲哀。他哭了，说道：

"那个女人，就是我把她从贫穷奴役下解救出来的那个女人，我为她打开了我的宝库，赠给她华丽的服装，珍奇的首饰，华贵的车辆，雄壮的骏马，别的女人对她妒忌得眼睛冒火。我打心里爱她，倾心于她，我当面向她倾吐了我的全部感情；我为她购买的礼品可以堆积成山。那个女人，就是我把她当作自己亲密的朋友，真挚的伴侣，对她忠贞不贰。但是，她背叛了我，抛弃了我，去了另一个男人的家，同他过着苦日子，同他一起啃着耻辱罪恶的面包，共饮可耻卑贱的水。那个女人，就是我爱过的女人，就是那只美丽的小鸟，我曾用心血哺育它，用眼睛的光辉浇灌它，用肋骨构筑了它的小巢……它却从我的手心里飞走了，飞进了一只用鼠李枝扎成的笼子，吃的是荆棘和蛆虫，喝的是毒汁和苦水。她是无瑕的天使，那个女人。我让她在爱情和仁慈的天堂里享福，她却变成了恐怖的魔鬼，堕入黑暗，受到自己造孽后应受的惩罚，也让我受她邪恶的折磨。"

这个男人沉默了，他双手捂着脸，像是想以此保护自己不受折磨。 片刻后，他叹着气对我说：

"这就是我能告诉你的，你什么也别问，别让我的不幸发出呐喊。 让我的痛苦成为无声的灾难，但愿它平静地发展下去，让我死去，使我安息。"

我站起来，热泪涌上并充盈了眼眶，怜悯之情把我的心碾成粉末。 我默默地同他告别，因为我知道言语安慰不了受劳的心灵，智慧的火焰无法照亮蒙冤受屈的灵魂。

2

几天后，在一间鲜花和树丛掩映的朴素房子里，我第一次会见了沃丽黛·哈尼女士。 过去在拉希德·贝克·努阿曼的家里，她曾听他提到过我的名字。 她践踏了拉希德·贝克的心，把他像死人一样抛在生活的铁蹄下。 当我见到她闪闪发光的眼睛，听到她悦耳的声音，不由地想道："你能认为她是个坏女人吗？ 在这张纯洁的面孔后面竟然隐藏着一个丑陋的灵魂和一颗罪恶之心吗？ 这就是那个背叛了丈夫的妻子吗？ 这就是被我多次指责为隐藏在小鸟美丽的习毛下的可怖的毒蛇般的女人吗？"

我转而一想，又低声地自言自语：

"假如不是那样，那又是什么呢？ 难道不正是这张漂亮的面孔使拉希德蒙受了不幸吗？ 难道我们没听说过，也没有见过，正是那些外表漂亮和美丽的人，造成了神秘而骇人听闻的灾难，带来了深沉的痛苦和忧伤吗？ 不正是照亮了诗人的心灵的月亮，在海面上掀起了潮汐吗？"

我坐下了，沃丽黛女士也坐下了。 她似乎已经知道我在想什么，不打算让我继续困惑和猜疑下去了。 她雪白的手托住自己美丽的头颅，用芦笛一样悠扬的音调说道：

"朋友，我从前没见过你，但是听到许多人对你的思想和理想的评论。 因此，我知道你同情蒙冤受屈的女性，怜悯她们的弱点，十分理解她们的情感和爱好。 正因为如此，我要向你敞开我的胸怀，把我的心事向你和盘托出，让你真正了解我的心。 假如你愿意，你可以对人们讲，沃丽黛·哈尼决不是背叛丈夫的邪恶的女人……

"当我只有十八岁时，命运使我认识了拉希德·贝克·努阿曼，当时他已届不惑之年。 人们都说，他倾心于我，对我一往情深。 不久，他娶我为妻，我便成了那座豪华住宅和成群奴仆的女主人。 他让我穿金戴银，遍体绫罗，把我当作一件奇异珍宝带到亲朋好友那里展览。 当他见到他的同伴们赞赏和珍爱的目光时，便露出胜利和盈利的笑容；当他听到朋友们的女人的夸奖和友好议论时，便自豪和骄傲地昂起了头。 但他并没有听清别人的言外之意。 有人问：'这是拉希德·贝克的妻子还是他收养的女孩?'还有人说：'假如拉希德·贝克年轻时就结了婚，那他的孩子该比沃丽黛·哈尼都大了。'

"这一切发生时，我的生命还没从青春的沉睡中醒来，爱神也还没有在我的心上燃起爱情之火，我胸中的情感和爱慕的种子尚未萌发。 是的，当时我感到无比的幸福，因为我的服饰华丽，车辆美观，陈设昂贵……当我清醒后，我的眼睛见到了光明，我感到神圣的火焰在烧灼我的胸膛，灵魂的饥渴撕扯我的心灵，使我疼痛难忍；当我清醒后，我见我的翅膀忽扇着，要带我飞上爱情的晴空，但因被法律的锁链的禁锢，它无力地颤抖着垂下了。 这法律在我弄清它的本质、明白它的含义之前，就禁锢住我的身体；当我清醒了之后，我才感受到了这一切。

"此后，我认识到，女人的幸福并不维系于男人的荣耀、权势、慷慨和宽厚，而存在于爱情之中。 这爱情使双方的灵魂紧紧相拥，使女方的感情倾泻到男方的心底，使双方各自成为对方躯体上不可分割的一部分，成为上帝创造的万物中的一个生命。

"当这个惨痛的现实清晰地展现在我的眼前时，我发觉呆在拉希德·贝克·努阿曼家中的我就像是一个窃贼，偷吃他的面包，然后隐蔽在夜幕之中。 我知道了，我在他身边度过的每一天，都是一个骇人的骗局；是虚伪用火一般清晰的字迹刻下的天地之间的骗局，因为我无法用真诚的爱情回报他的慷慨，也不能奉献我的内心感情去偿还他的忠贞。 我尝试过，努力地尝试过学着去爱他，但学不会。 因为爱是一种创造我们心灵的力量，而我们的心灵是无法创造爱的。 我曾在万籁俱寂的夜晚祈祷上苍，哀求上帝在我的心间降下爱情的生命，使我去亲近他为我选定的这位伴侣，但上帝没有满足我的请求；因为爱情只有在上帝的启示下才降到我们的灵魂里，而不会来自人的乞求。

"就这样，我在拉希德 · 贝克家整整过了两个春秋。 在这两年里，我羡慕田野里自由自在的鸟，而像我一样的姑娘却妒忌我的牢笼。 像母亲为失去唯一的爱子那样，我为自己的心灵恸哭；我的心灵生来是聪颖而健康的，却被律法囚禁出了病，每天都因饥渴而死去。

"在那不幸的岁月里，有一天我突然在黑暗中看见一道柔和的光，它来自一位青年的眼睛。 他独自一人生活，同简陋家庭中的纸笔为伴。 为了逃避那光芒，我闭上了眼睛，自言自语道：

'我的心啊，你命中注定永远生活在坟墓的黑暗之中，就别去贪求光明了。'

"我侧耳聆听，听到了天上的乐声，这无比悦耳的声音震撼着我的灵魂，音乐的纯洁布满了我的全身。 我捂住耳朵，说：'我的心灵啊，你命中注定只能听到深渊里的呐喊，别妄想天上的乐声吧！'

"为了不看，我闭上双眼；为了不听，我捂住耳朵。 佢是，尽管我紧闭双眼，却仍能看见那道光芒；我的耳朵虽然堵得很严，却依旧能听到天上的乐声。 开始，我害怕了，像是一个穷人在国王的宫殿旁发现一块宝石，因恐惧而不敢捡起来，又因贫困而舍不得放弃。我失声痛哭，如一个干渴不已的人，见到甘甜的泉水被林中之王守卫着，便扑倒在地，绝望地等待着。"

沃丽黛·哈尼女士沉默了一会儿，闭上了那双大眼睛，好像过去的一切重又浮现在眼前；而她没有勇气当面望着我。 过了一会，她接着说道：

"那些没有真正享受过生活乐趣、来自永恒世界又回到那里去的人，无法理解彷徨在两个男人之间的女人的痛苦：其中一个男人是她根据上天的意志真心所爱的，另一个则是根据人间法律与之结合的。

这是女性血泪所谱写的悲剧，男人读了它发笑，因为他们不理解；如果理解了，他们的笑就变成了荒淫和残暴——他们将怒气发泄到女人身上，在她们的耳朵里塞满了诅咒和辱骂。

"这是一个悲惨的故事。它描述了每一个度过漫漫长夜的女人：她的身体被丈夫的床铺束缚，在她还不明白结婚的真正含义时，他变成了她的丈夫；而她的灵魂却飞向了另一个人，她爱这另一个人，用灵魂中全部的爱情，用爱情中的全部纯洁和美爱着他。这是一场可怕的搏斗，这场搏斗自有女人的软弱和男子的威力之日起就开始了，而且到软弱结束崇拜威力时才会结束。这又是一场骇人听闻的战争，这场战争是在人间腐败的法律与神圣的内心情感之间发生的。在战场上，我被打倒了，几乎沮丧而死，要溶化在自己的泪海之中；但是，我站立起来，抛弃了少女的怯懦，挣脱了束缚我的软弱和屈辱的锁链，飞上爱情和自由的蓝天。现在我同这个男人生活，是幸福的；因为，在人类尚未开始生活时，我和他便是上帝手中的同一簇火焰。在这个世界上，没有一种力量能够剥夺我的幸福，因为它来自心灵相通、彼此爱恋的拥抱之中。"

沃丽黛女士意味深长地望了我一眼，像是要用这眼光穿透我的胸腔，看看她上述那番话对我的感情产生什么样的波澜，听听她的声音在我心中引起的反响。但是，为了不打断她的话，我保持沉默。于是，她便接下去说，在她的声音里，既有回忆的痛苦，也有摆脱羁绊和获得自由的甜蜜。

"人们告诉你，沃丽黛·哈尼是个忘恩负义、背叛丈夫——拉希德·贝克——的女人。说她放荡，抛弃了抬举她当上女主人的丈夫；还说她是个淫妇，用肮脏的手毁坏了信仰编织的神圣婚姻的花环，却代之以地狱荆棘串成的龌龊锁链；她抛弃美德和情操的礼服，披上了耻辱和罪恶的外衣。他们还会给你举出更多类似的指控，因为祖先的幽灵还附着在他们的身上。他们像空谷来风，只发出回声，而不懂其意义。他们不明白上帝为人类制定的律法，也不理解宗教的真正含义。他们不明是非，目光短浅，只看到事物的表面，而不探究事物的本质；他们盲目地下结论，善恶不辨，好坏不分。

"谁这样干,谁就该受诅咒!谁这样干,谁就该受惩罚!当我留在拉希德·贝克·努阿曼家里时,我是个不忠的淫妇,因为他凭借传统和习惯让我和他同床共枕,而上天并未根据灵魂和感情的法律判我为他的伴侣。 那时,面对上帝,我内心认为自己是卑鄙龌龊的,因为我用他的财富填饱自己的肚皮,用我的肉体满足他的情欲。

"而现在,我纯洁清白,因为爱情的法典解放了我;我感到光荣,我是个忠诚的人,不再用肉体交换面包,也不再用岁月换取衣服。 是的,当人们称许我是贤惠的妻子时,我是个罪恶的淫妇;而今天,我成了纯洁高尚的人时,他们却认为我是下贱的娼妓。 这是因为他们以肉体的准则来衡量灵魂,用物质的标准来裁判精神。"

沃丽黛女士转向窗口,右手指向城里,大声地对我说起来。 她的语气充满了轻蔑和憎恶,好像她从城内的胡同里、屋顶上和门廊下,看到了许多腐败的幽灵和堕落的丑类。

"你看吧,看看那些富翁、权贵们的豪华住宅和巍峨的宫殿吧。在用绸缎制作的壁纸后面是不忠和虚伪,在金碧辉煌的天花板下是欺诈和造作。 请你仔细看看这些代表着荣耀、门第和幸福的建筑吧,那不过是隐藏着屈辱、不幸和悲惨的洞穴,是装饰华丽的坟茔。 在那里,有藏在可怜女人口红和脂粉后面的狡诈,有被珠光宝气遮住的男人的自私和兽欲。 那是傲然耸入云端的宫殿,假如它能嗅到自身弥漫的苦难和欺诈的气息,便会破裂、坍塌,倒入深渊。 贫苦的乡下人,常噙着泪水望着这些住宅。 不过,如果他们一旦知晓里面的人,没有穷人心中洋溢着的甜美的爱情,就会发出讥笑,满意地返回家园。"

沃丽黛女士抓住我的手,把我带到她刚才眺望宫殿的那个窗口。她对我说:

"来,我指给你看那些人的秘密吧,我不愿和他们同流合污。你瞧那座宫殿,就是有大理石圆柱、镶有青铜边、门窗闪闪发光的那座。 里面住着一个富人。 他从悭吝的父亲那里继承了财产,也在充满腐败堕落的环境中铸成了自己的品德。 两年前,他娶了一个女人。 对她,他几乎一无所知,只了解她父亲是世袭权贵,地位显

赫。 蜜月还没有度完，他就厌倦了她。 他同妓女鬼混，把新婚妻子扔在家里，像是一个酒鬼扔掉一个酒瓶一样。 最初，她痛苦，哭泣，不知该怎么办。 后来，她像是犯了错知道错误的人，不哭了，也不痛苦了。 她明白失去这样的丈夫，不值得自己流泪。 现在，她热恋上一个漂亮温柔的小伙子，向他倾诉了一切，把丈夫的钱塞满了他的腰包。 她丈夫对她不理不睬，她也不把丈夫放在眼里……

"你再看看那座落在绿荫花园中的住宅。 它的主人出身于曾长期统治国家的著名家族，由于家庭财产的分配及子孙后代的懈怠，地位大不如前。 几年前，他娶了一个容貌丑陋但十分富有的姑娘。 当他把她的巨额财富搞到手之后，就把她抛到一边，另找一个美丽的情妇。 他的妻子因此气恼之极，发疯似的渴望和追求情人。 现在她每天花费好几个小时梳妆打扮，涂脂抹粉，穿纱披绸；她多么希望能得到来访者的青睐，但得到的却是自己映在镜子里那丑陋不堪的孤影……

"请再看那座放满雕像和彩画的大宅，它的主人是一位容貌俊美、心狠手辣的女人。 她的前夫已死，她继承了他的钱财，挑选了一个身体羸弱、性格怯懦的男人做她所谓的丈夫，用他的名字作为抵挡人们抨击的盾牌，以他的存在掩盖她不可告人的丑事。 现在，她在许多追求者中间，活似花丛中的蜜蜂，拼命吮吸最芬芳最甜美的花蜜……

"现在看看那座有宽大走廊和雅致拱门的楼房吧，它的主人是一个物质享受主义者，整天奔波忙碌，贪得无厌。 他的妻子身材袅娜，容貌秀丽，温文尔雅，品格高尚。 崇高的灵魂和完美的躯体在她那里得到了统一，如同一首歌的悠扬的曲调同美好的内容那样协调。 她来到这个世界，是为了爱情而生活。 为爱情而死去。 但是，像许多少女一样，她在不到十八岁时，就被父亲锁上了婚姻的枷锁。 现在，她变得憔悴，在被禁锢的爱情的煎熬下，生命如蜡烛般熔化，神采在狂风的吹刮下慢慢消失。 她始终追求曾感受过的美好事物，却再也看不到。 她渴求死神早些降临，好摆脱这一如死水的生活，挣开丈夫的奴役。 她丈夫白天去聚敛财富，晚上则数巧取豪夺来的金币。 对妻子始终不能怀孕，他不时发出诅咒、漫骂，因为她不能为他传宗接代……

"你看那间孤零零的屋子，周围都是花园，一个诗人住在那里。他富于幻想，思想浪漫，追求崇高的精神境界；可是他的妻子头脑简单，性格粗野。 她尽管不懂，仍然嘲笑他的诗歌；她对艺术一窍不通，却瞧不起他的作品。 现在，诗人避开妻子，热恋上另一个有夫之妇；那个女人绝顶聪明，无比温柔，以她的柔情在诗人的心中点燃了光明，用她的微笑和目光启迪诗人的灵感。"

沃丽黛女士沉默片刻，坐在靠窗的凳子上，似乎浏览了那些神秘的住宅之后感到疲倦了。 随后，她平静地说：

"我不愿意生活在这些宫殿里，不愿意把自己活埋在这些坟墓里。 你了解了那些人，我抛弃了他们的习俗，摆脱了他们的桎梏。他们的婚姻，都只是肉体的相互结合，灵魂上却彼此嫌弃。 在上帝面前，他们唯一用以自我辩护的是对上帝法典的无知。 我现在不是指控他们，而是可怜他们。 我并不憎恨他们本人，而是憎恨他们对虚伪、欺诈的妥协投降。 我不是那种喜欢背后议论、诽谤和中伤别人的人。 我之所以向你揭露他们内心的肮脏和生活中的隐情，是为了让你看清他们的真面目。 过去，我过着同他们一样的生活，但我今天得救了。 我要向你揭露对我竭尽攻击之能事的那些人的生活，尽管我因此失去了友情，但赢得了自我。 我抛弃了他们欺骗的黑道，放眼忠实、真理、正义的光明。 他们淘汰了我，正合我意，也是必然结果。 崇高的灵魂敢于向他们的不义和欺诈挑战，必将遭到他们的排斥。 谁不尊重反抗奴役和欺诈，谁就不是拥有真理的自由人。 过去，我如同一席盛宴，拉希德·贝克每到饥饿的时刻，就来到我身旁。 至于我们这两颗心却似两个卑微的仆人，彼此相隔甚远。 当我掌握了真相，便不愿再供他役使。 我曾考虑过服从他们所谓的天命，但我做不到。 因为我的灵魂拒绝在这可怖的偶像前跪拜终生；这偶像是黑暗时代竖立的，受到法律的推崇。 我砸碎了镣铐，于是，我听到爱的召唤，看见心灵准备踏上征程。

"我离开拉希德·贝克的家，抛弃了珍贵的首饰，华丽的衣服，

成群的奴仆及各种车辆，像是囚犯脱离了牢房，来到我意中人之家。这里没有华丽的地毯、服装，但精神生活十分充实。我清楚，我的所作所为是理所当然的，十分正确的。因为，上天并不要我剪断自己的翅膀，蒙住头躺在灰烬上，消耗生命，并说这是命中注定。上天不想看到每当夜幕降临，我痛苦地呼唤：'什么时候才能天明？'当黎明时分，我又大声疾呼：'唉，什么时候才能熬过这一天哪！'上天不希望人蒙受苦难，因为它在人的内心播下了对幸福的追求，人正是因为幸福，才崇拜上帝……

"先生，这就是我的故事，这是我当着苍天和大地发出的抗议。我不断地抗议和吟咏着，而人们却捂住耳朵不听，因为害怕自己灵魂爆发革命，担心社会基础动摇、彻底垮掉。

"这就是我坎坷的经历。我终于到达了幸福的顶峰，即使死神降临，将我摄走，我的灵魂也无所畏惧，而是满怀喜悦地站在上帝的宝座前。面对上帝，我良心上的绳索纷纷脱落。我的心灵是如此皎洁，我按照灵魂的意志行事；心灵一召唤，我便响应；哪里有天使的歌声，我便向哪里追寻。

"这是我的故事，贝鲁特人认为它是对生活的诅咒，表现了社会肌体的种种弊病。当岁月唤醒他们黑暗的心灵，使他们向往爱情时，他们会后悔的。如同太阳在埋有人们骸骨的土地上培育出鲜艳花朵，那些路过我坟墓的人会向我致敬：'这里安卧着沃丽黛·哈尼，她从对腐朽的人间法律的膜拜中解放了自己的感情，根据高尚的爱的法典生活；她面对太阳，而不注视自己在骸骨和荆棘上留下的身影。'"

沃丽黛的话音刚落，门打开了，一位身材颀长、容貌俊逸的青年走进来。他的目光迷人，嘴角挂着亲切的微笑。沃丽黛女士站起身，无限恩爱地挽着他的胳膊，十分得体地把我介绍给他，又意味无穷地望了他一眼，把他介绍给我。我明白了，就是他，为了他，沃丽黛反对整个世界，为了他，背叛了一切法律和传统。

我们坐下了，都默不作声。每个人都在思索别人对自己怎么看。屋子里静极了，整整一分钟一点声响都没有，这静谧把我们的心引向纯净的精神世界。 他俩并肩坐着，我凝视着这一对，发现了过去从未发现过的东西：就在那一瞬间，我明白了沃丽黛女士讲的故事的含义，知道她抗议社会的奥秘。 这个社会迫害一切反对它法律的反抗者，而不论他们造反的原因。 在面前这两个焕发着青春、同心同德的青年的身上，我看到上天合二而一的灵魂，爱神站在他们之间，展开双翼保护他们不受人们的指责和辱骂；我看到这两张表现出忠诚和纯洁的面孔互相理解溢于言表；有生以来，我还是第一次在一个男人和一个女人之间找到了幸福的影子，而他们却遭到宗教的鄙视和法律的唾弃。

过了一会儿，我站起来同他们告别。 我虽然没有疾齿，但内心的激动已表露无遗。 我走出这座简陋的房子，觉得感情已把它化为爱情和一致的圣坛。

我走在那些宫殿和豪华住宅间，沃丽黛女士已向我揭露了它们的秘密。 我一边走一边想着她所说的话，思索着话中包含的原则和结论。 我还没走完这条路，便想起了拉希德·贝克·努阿曼，他的悲哀、绝望和痛苦的模样出现在我眼前。

我暗自思忖："拉希德·贝克是痛苦的，委屈的，但是，当他面对上帝控诉沃丽黛·哈尼时，上帝会倾听他的诉苦吗？ 她为了追求心灵的自由离开了他，是她犯了罪吗？ 他未能以爱情赢得她的灵魂，只凭婚姻占有她的肉体，是他犯了罪吗？ 这两个人中，谁是欺压者，谁是被欺压者？ 谁是无辜的，谁是罪犯呢？"

Khalil Gibran

我翻来覆去思索着生活中的各种事件，自言自语道："追求虚荣使许多女人抛弃了贫穷的丈夫，去依附富有的男人。 她们被华美的服饰和安逸的生活迷住了眼睛，走上了可耻的堕落之路。 那么，沃丽黛·哈尼离开了富有的丈夫的宫殿，撇下了珠宝首饰、成套衣服、华丽陈设和成群奴仆，来到只拥有一堆旧书的穷苦男人的陋室，是因为自负和贪婪吗？ 愚昧经常勾起女人的贪欲，使她们忘记羞耻，从而厌弃自己的丈夫，为寻求浅薄的欢乐而去另一个更卑劣的男人身边。 沃丽黛·哈尼当众宣布独立，投向一个追求精神、情操的青年人的怀抱，是因为愚昧和追求肉欲吗？ 如果是那样的话，那她完全可以留在丈夫的家里，秘密地从那些青年身上得到满足；他们狂热地崇拜她。争先恐后地跪在她面前，甚至愿为赢得她的爱情而献出生命。 过去沃丽黛·哈尼是不幸的，她向往幸福，发现了它，便投向了它的怀抱。 这才是受人类社会鄙视、遭法律反对的事情的真相。"

我向天空悄悄地说出了这些话。 我又设问："但是，女人把自己的幸福建立在丈夫痛苦之上对吗？"我的心立即回答道："那么能允许男人以奴役妻子的感情换取自己的幸福吗？"

我向前走着，沃丽黛·哈尼女士的声音总在我的耳边回荡。 我来到城边，太阳将要落山，田野和花园蒙上静谧的薄纱，鸟儿在做晚祷。 我停下，沉思起来，叹着气说：

"在自由的宝座前，树木被微风摩挲，发出欢笑。 在自由的威严前，树木沐浴着日月之晖，无比欣悦。 在自由的在小溪边，鸟儿扇动着翅膀，啾啾鸣啭。 在自由的天地里，鲜花吐蕊，散发着芬芳。 在自由的光辉中，花儿迎着黎明微笑。

"大地万物都按照其自然法则生活着，又从法则的自然中赢得自由的荣耀和欢乐。 至于人类，则享受不到这种恩惠，因为他们为自己神圣灵魂制定了限制性法令，为身心设置了残酷的统一刑律，为感情和爱好建起了可怕的窄牢，为心灵和智慧挖下漆黑深邃的坟墓。 如果谁脱离了那个社会，背弃了那些法律，他们就说：'这是叛逆，应予以驱逐；是肮脏堕落的下流坯，应予以处死……'但是，人类将永远做自己腐朽法律的奴隶呢？ 还是终将得到解放，从而靠灵魂和为了灵魂而生活下去呢？ 是永远卑躬屈膝？ 还是昂首向着太阳，毫不顾惜自己投在荆棘和骸骨上的阴影呢？"

坟墓的呐喊

国王端坐在法官席上，国内的智者分列左右，他们满是皱纹的面孔，反映出他们对经典烂熟于心。 周围的士兵持剑肃立，高举长矛。 法庭里聚集着许多人，有的出于好奇观看，有的在等待对自己亲友犯罪的判决。 所有的人聚精会神，屏气停息，似乎国王的眼睛里有一种暗示着恐惧和害怕的力量，直抵人们的心田。 到场的人各就各位，世界末日的时刻已到。 国王举起一只手，大声说道：

"你们去把罪犯一个一个地带到我面前，并告诉我他们犯了什么罪，有什么过失。"

牢门打开了，露出漆黑的四壁，活似凶猛的野兽张开大嘴，露出的喉咙。 镣铐的声音同囚徒们的呻吟和呼叫声汇集在一起。 在场的人眼睛转向他们，脖颈伸得更长了，似乎想用他们的目光同法律竞争，看看死神的猎物怎样从坟墓的深处走出来。

不一会儿，有两名士兵从牢里押出一个被反剪双臂的青年。 他目不斜视，不屈的神情仍表现出内心的刚强。 士兵让他站在法庭当中，然后退到他身后不远的地方。 国王凝视了他一小会儿，问道：

"这个昂首挺立在我们面前的人是什么罪？他好像很光荣，一点也不像在末日的掌管之下。"

国王的一位随从答道：

"他是个邪恶的杀人犯。 昨天他拦住一位正要去农村执行公务的将军，把将军摔倒在地，将军失去了知觉。 这个凶手被捕时，手上仍然握着沾有被害者血迹的剑。"

国王坐在宝座上，生气地动了一下，眼内射出愤慨的光芒。他竭尽全力叫喊着：

"把他押回黑牢，戴上镣铐。明天拂晓时，用快斧砍下他的头；把尸体扔到旷野，让兀鹰和野兽把它吃光，要让它的臭味刮到他家里人的鼻子里去。"

士兵把青年押回牢房，人们以惋惜的目光和深沉的叹息送别他。他正值青春年华，容貌俊逸，体格强壮。

两个士兵又从牢里走出来，这次押出的是一个面容清秀、身体虚弱的少妇。她蜡黄色的脸上带着沮丧和怨恨，眼睛含满泪水，脖颈弯曲，表现出懊恼和悲伤。

国王注视着她，说道：

"这个像真理的影子般站在我们面前的瘦弱女子干了什么？"

一名士兵回答：

"她是个淫妇。她丈夫晚上突然碰到她时，她正在同一个男人拥抱；在她相好的人逃走后，她丈夫把她交给了警察。"

国王审视着她，她羞涩地低下了头。国王严厉地说：

"把她押回黑牢，让她躺在荆棘刺的床铺上，也许她能想起她用罪过玷污的床；给她灌兑上苦西瓜汁的醋，也许会让她想起被禁止的接吻的滋味。等到拂晓，把她赤身裸体地赶到城外，用石头击她。让她待在那里喂狼，让虫子啃她的骨头吧。"

少妇消失在黑牢里。在场的人敬佩国王的公正，惋惜她沮丧的漂亮面孔和悲哀的温柔目光。

两名士兵第三次出现时，押着一个瘦弱的男人进来。只见他膝盖发抖，像是破衣服上的一块破布；他灰心丧气地望望四面，忐忑不安的目光反射出苦难、穷困和悲哀的幻想。

国王转脸对着他，嫌恶地说道：

"这个像个活人堆里的死人的肮脏家伙有什么罪？"

一名士兵回答道：

"他是个小偷。夜里到修道院偷东西，被虔诚的修士抓住时，发现他口袋里装着圣器。"

国王如一头饿鹰看着一只折断了翅膀的小鸟般望着他。 国王大声说道：

"把他下到最深的黑牢里，戴上铁枷。 等到黎明，把他拉到一棵大树下，用麻绳吊死他；把他的身体挂在天地之间，让天地之物化掉他罪恶的手指，让大风把他的四肢化为纤毛。"

他们把小偷押回牢房。 人们悄悄地彼此耳语道：

"这么个不信神的弱不禁风的人，怎么敢去抢掠神圣的修道院里的圣器？"

国王从椅子上走下来，那些智者和法律家跟随着他，士兵前后簇拥着他。 观看的人离开了，法庭空无一人，只听见囚徒们的号叫和像在墙上晃动的幻影一般的绝望的喊声。

在发生这一切时，我宛如面对游动的幽灵站在镜子前，思索着人类为人类设立的法律，默想着被人们认为是蕴含生活奥秘的公正，考虑着其本性的含义。 我的思绪似被雾气遮蔽的地平线一般逐渐淡漠。 我从法庭走出来时，自言自语道：

"青草汲取土中的各种营养，绵羊吃着青草，狼叼走羊，独角犀抵死狼，狮子猎食独角犀，死神带走狮子。 有没有一种征服死神的力量，使这种不义的循环转化为公正呢？ 有没有一种正义的力量，将这可憎的现象变为美好的现象呢？ 有没有一种力量握住生活的一切因素，微笑着拥抱它们，象千江万河都唱着歌流向大海呢？ 有没有一种力量让凶手和被杀者，鼓女和嫖客，小偷与被偷者面对比国王法庭更崇高的法庭呢？"

Khalil Gibran

2

第二天，我出了城。 我走在田间，那里静谧宜人，晴朗的天空将狭窄的街巷和漆黑的住宅里的哀伤和沮丧一扫而光。 当我站在谷地口，回头张望时，突然许多兀鹰、乌鸦飞起落下，那扑扇声和叫声充斥着天空。 我向前走了几步，想看个究竟：不远处，我见到一具男尸被悬在一棵大树上，一具一丝不挂的女尸被扔在一堆石头中，还有一具沾满鲜血和泥巴的青年的尸体，已身首异处了。

这骇人的景象使我眼前一片昏黑，我什么都看不见了，便停下来，恍惚之间，令人生畏的死神的幻影在血淋淋的尸体间站立着；我侧耳倾听，只听到虚无的呼叫中夹杂着兀鹰在空中翱翔的振翅声，它傲视着人类法律的猎物。

三位亚当的子孙，昨天还在生命的怀抱里，今天已落入死神掌中。

三个因人的习俗而触犯法律的人，盲目的法律向他们伸出手，残酷地粉碎了他们。

三个被无知变成罪犯的人，法律把他们变成死人，因为法律是强大的。

一个人杀了另外一个人，这个人被人们叫做不义的凶手；当国王把他处以死刑后，人们说国王是公正的君主。

一个女人背叛了她的丈夫，人们说她是淫荡的妓女；但是，当国王把她赤身裸体押往城外、当众处以石击刑时，人们说："这是个高尚的君主。"

一个人企图抢掠修道院，人们说他是邪恶的小偷；当国王抢掠了他的生命，人们便说："这是个仁义之君。"

流血杀人是被禁止的，但是，谁给国王这种合法权呢？

抢夺钱财是犯罪，但是，谁把抢掠灵魂当作善德？

妇女背叛是丑行，但是，谁把以石击人看成美丽？

以恶报恶是最伟大的，我们说这是法律。 以邪恶杀死邪恶是最常见的，我们大叫这是公平。 以罪行征服罪行是最了不起的，我们喊这是正义。

国王过去不是杀过敌人吗？他不是从他的属下那里抢掠过金钱和财产吗？他不是诱惑过美女吗？他在做这些被禁止的事情时都算是合法吗？他可以处决杀人犯、绞死小偷和对妓女处以石击刑吗？

叛逆的灵魂

那些把小偷吊到树上的是些什么人？是天上下凡的天使，还是抢夺盗窃一切可能到手的东西的人？

谁砍下那个凶手的头颅？是从上天降下的先知，还是到处杀人放血的士兵？

是谁用石头砸死那个淫荡的女人？是纯洁的修士，还是在黑夜里干些不可告人的勾当的人？

法律——法律是什么？谁看见它从天空同阳光一起降临？哪一个见过上帝的心，知道他对人怎么想？在哪一代，天使同人一起行走，并且说禁止弱者享受阳光、用利剑消灭堕落者和用铁蹄践踏犯有过失的人？

这些念头萦回在我的头脑里，刺激着我的感情，直至听到有脚步声离我越来越近。我看见一个少女出现在树木间，走向那三具尸体。她小心翼翼，不时回头张望。当她刚见到被砍去头颅的青年时，便惊叫起来，跪倒在他身旁，一双颤抖的手臂抱住他，不停地哭起来。她将着他的鬈发，用发自内心深处的深沉的声音恸哭着。

当哭泣耗尽了她的体力，悲伤至极后，她用手飞快地刨土。她终于挖了一个大坑，把死去的青年拉向坑里。她缓缓地走着，把满是血迹的头颅放在他的肩上，用土掩埋住，还插上砍掉他头颅的刀。

她要离开那里时，我走上前去，她大吃一惊，害怕得浑身哆嗦，然后低下头，热泪如雨滴落下。她叹息道：

"请你向国王申诉，当然，假如你愿意为我这样做的话；但愿有人能把我从耻辱中拯救出来，否则就让猛禽凶兽吃了我。"

我回答道：

"可怜的姑娘，不用怕我。我在你之前已为你的小伙子的命运痛哭过了。你还是告诉我，怎样能让你免于受辱呢？"

她因哽咽，说起话来断断续续：

"国王的一个将军来到我们的田地，收缴赋税和聚敛贡品。当他看见我时，向我讨好地看了可怕的一眼，随后对我贫困的父亲课以吓人的重税，这重税连富人都无法负担。他抓住我，要把我带进王宫，以我抵黄金。 我哭着请求他怜悯，但不行。 我又以我父亲已年衰请他宽容，他仍不可怜我们。 我便大声喊叫村里的男人们救命，此时，这个青年来了；他是我的未婚夫，把我从那将军残酷的手中救了下来。 将军勃然大怒，想杀我的未婚夫。 但我的未婚夫抢在他的前面，抽出挂在墙上的一把老剑，用它杀了他，以保卫自己的生命和我的贞操。 他并未像凶手那样想逃走，而是一直站在那个蛮横的将军的尸体旁边，直到士兵们赶到，把他押进牢房。"

她说了这番话，望着我，那目光能熔化心脏，激起同情。 她迅速转身，而那令人心碎的语调仍震撼着以太。

不久，我望见一个青春少年，用衣服挡住脸走过来。 当他走到那淫荡的女人尸体前时，摘下斗篷，盖在她那裸露的躯体上。 他用带来的铲子挖土，挖了坑之后，他抱着她，把她放进墓里，再一捧土一捧土地将她埋葬。 最后，他又摘了些鲜花，放在墓前，低头默哀。 当他要走时，我叫住他，对他说：

"这个堕落的女人同你有什么关系，以致你违背国王的旨意，用你的生命冒险，尽量不使她的躯体受到飞鸟的伤害?"

他忍住泪水望了我一眼。 看得出来，他彻夜未眠，极为悲伤。他的声音嘶哑，夹杂着痛苦的叹息，他说：

"我就是那个使她蒙受石击刑罚的倒霉的男人。 我爱她，她也爱我。 我们两小无猜，青梅竹马，随着我们年龄的增长，爱情也同时发展，以致爱情主宰了我们俩。 我们以内心的感情服务于它，服从于它，用我们俩的灵魂尊重它，它把我们结合在一起。

"有一天，我不在城里。 她的父亲不得已把她嫁给了一个她讨厌的人。 当我回到城里，听到这个消息后，只觉得昏天黑地，伸手不见五指。 我的生活变成连续的痛苦的斗争，我一直同自己的感情搏斗，克制自己，但终于感情占了上风，像是明眼人领着盲人一般。我秘密地去同我的心上人幽会，我最大的愿望便是看一看她明亮的眸子，听一听她悦耳的嗓音。 我看见她在独自一人哀叹她的命运，悼念她的岁月。

"她坐在那里，寂静便是我们的谈话，美德是我们的第三者。刚过一小时，她丈夫突然走进来，他见到我，恶向胆边生，残忍地用双手掐着她柔滑的颈项，声斯力竭地喊道：

"'你们快来看呀，看看这个淫妇和她的情人！'

"邻居们赶过来，后来士兵也来探听消息。她丈夫把她交给士兵，她就披头散发、衣服撕破地被带走了。而我，谁也没伤害我，因为盲目的法律和腐朽的传统只惩罚堕落的女人，而男人则被宽赦了。"

青年人回城里去了，走时仍用衣服遮着脸。我一直望着他，思索着和叹息着。被绞杀的尸体每当风吹拂树枝时，就微微发抖，宛如天上的灵魂以尸体的动作请求怜恤，让它落在大地上，成为尊贵的被害者和爱情的牺牲品。

过了一个小时，出现了一个身体瘦弱、穿着褴褛的女人，站在被绞死的人身边，抱头大哭。她随即爬上树，用牙咬断麻绳，尸体如一块破布似的落到地上。那女人也下了树，在另外两个坟头的旁边，又挖了一个坟墓，把尸体放进坟墓。在用土掩埋后，她拿两根木头，做成一个十字架，栽在他的头前。她朝来的方向走去时，我拦住她说：

"你为什么轻率地来到这里埋葬一个小偷，女人？"

她以深沉的闪现着悲哀和痛苦的阴影的目光看着我，她说：

"他是我的好丈夫，温驯的伴侣，孩子们的父亲。有五个孩子忍着饥饿，最大的才八岁，最小的还没有断奶……我的丈夫不是小偷，而是在修道院里耕作的农夫；他收割庄稼，从修士们那里得到的仅仅是供我们晚上分食的面包，连一块也留不到第二天早晨……

"他从小就挥泪耕种修道院的土地，靠着自身的力气在果园里工作。后来，他变得虚弱了，长年的劳作耗尽了他的力气。再加上疾病缠身，修士们就把他赶走了。他们说：'修道院不再需要你了，你现在就走。等你的孩子长大后，把他们派到我们这里来，代替你干活。'他听了大哭，我也跟着哭起来。我以耶稣的名义请求他们怜

悯，还以天使和圣徒们的名义发誓，但他们毫不怜悯我们，也不可怜我们的年幼的孩子——他们赤身裸体，忍饥挨饿。

"他去城里找工作，但被赶了回来，因为达官贵人家只肯雇佣身强力壮的青年人。 他便坐在路当中乞讨，但人们不对他行善，而是边走过边说：'不能对不努力工作和懒惰的人施舍。'

"一天晚上，我们遇到了极大的困难，孩子们饿得直不起腰，躺在地上。 最小的孩子含着奶头，但吃不着奶。 我丈夫脸色变了，便在夜幕下走了。 他进入装有粮食和葡萄酒的修道院库房，扛了一包面粉，想带回家。 但是，他刚走几步，修士们醒来，抓住他，对他又打又骂。 天明后，他们把他交给士兵们，说他是个邪恶的小偷，来这里是为了偷修道院的圣器。 士兵们把他押进牢房，后来把他送上绞架，让他的身体饱受惩罚，因为他想用他在修道院劳动得到的粮食去填饱孩子们的空肚子。"

贫苦的女人走了。 在她断断续续的谈话中，忧郁的阴影在上升，飞快地跑向四面八方，恰似被风吹散的烟柱。

我默悼着站在三座坟墓之间，痛苦得张不开嘴，由扑簌的泪水述说着自己的感情。 我想思考、琢磨，但我的心灵不愿意，因为它像花朵，在黑暗面前紧抱叶瓣，而不给黑夜它的气息。

我站立着，从那些坟墓的细土中迸发出受屈的呼喊，宛如谷地里散发的雾气一般；那喊声在人们的耳际翻滚，启迪我讲话。

我默默地站立着。 假如人们明白寂静在说什么，那就更加接近神，而不是森林中的猛兽。

我叹息着，站立着。 假如我叹息的火苗能燎着那田野里的树木，那树木定会活动起来，离开原来的地方，一伙一伙地行进着，用自己的树枝同国王和士兵们作战；以它们的根茎当着修士们的面，毁掉修道院的墙壁。

我站着观望。 随着我的目光，同情的甜美和悲哀的苦涩倾泻在那几座新墓上：那是以自己的生命捍卫一个弱女子的贞操、把她从野兽的利爪下拯救出来的青年的墓。 仅仅是因为他的勇气，他们就砍断了他的脖颈。 那个少女把剑插入他墓的土中，让它成为一种象征，屹立在阳光下，讲述着在暴虐和愚顽统治下的阳刚气概。

那是座少女之墓。 爱情抚摸过她的心灵，是在贪欲夺走她的躯体之前。 她被处石击刑罚，因为她的心宁死也要忠实于所爱的人。她的心上人在她静止的身体上放了一束野花，随着花儿缓慢的凋谢和死灭，述说着被人们尊为神圣的心灵的结局。 这些人被物质弄瞎了眼，被无知弄哑了嘴。

那是个可怜的穷人之墓。 他在修道院的田地里耗尽了体力，修士们把他轰走，换别人来代替他。 他愿以劳动为他的小孩们挣来面包，却得不到；他以乞讨恳求，仍然得不到；当绝望推动他去收回一点粮食时——他用他的劳累、额角上的汗水得到的粮食——他们抓住了他，杀害了他。 他的遗孀在他的墓前竖起了十字架，以向黑夜星辰证明修士们的暴行。 那些修士把拿撒勒人的教诲变为宝剑，用宝剑砍断了可怜人的脖颈，以它的锋刃砍碎了虚弱者的身躯。

太阳消失在天边，似乎厌倦了人间琐事，讨厌人间的暴虐。 傍晚开始用阴影和寂静的线编织细密的帐幔，盖在大自然的身躯之上。我抬眼望天，向坟墓和它上面的象征伸出手去，我竭尽全力说道：

"这就是你的剑，勇气啊！剑刺进了土中。 这就是你的花朵，爱情啊！火已把它们都烧光了。 这就是你的十字架，拿撒勒的耶稣啊！黑夜已淹没了你。"

69

新人的床①

　　新郎和新娘走出教堂，后面是欢乐的贺客，前面是蜡烛和油灯，男孩子哼着欢快的曲子，女孩子高唱贺喜之歌，人们簇拥着他俩。

　　队伍来到修葺一新的新郎的家——屋里装饰着昂贵的地毯、闪光的器皿和香味四溢的香料。一对新人登上礼台就座，来宾则坐在丝绒垫和天鹅绒沙发上，宽敞的大厅已挤满了各种各样的人。仆人们忙着端上饮料，杯盏的碰击声同欢笑声汇成一种高昂的曲调。乐手们到了，坐下后，人们便为他们的欧德琴及笛子、铃鼓演奏出来的悠扬曲调所陶醉。

　　稍后，姑娘们随着乐曲的旋律翩翩起舞，像细柔的枝条随风飘曳；她们的丝绸的裙裾飘忽，如月光在同云彩嬉戏。人们都注视着她们，青年们为之销魂，老年人为之倾倒。人们一杯接着一杯，开怀畅饮。此刻大厅气氛更加热烈，人们自由自在，放下平时庄重的样子，头脑发热，情绪高涨，心荡神摇。整座宅邸像是一个看不见的女精灵手中弹奏的断了弦的琴，奏出了旋律和非旋律的混合音响：这里一个小伙子在倾诉他爱上一位迷人姑娘的秘密；那边一个青年人准备去同一位漂亮的少女交谈，正搜索枯肠，寻找最优美和最温柔的词句；稍远处，一位中年人正一杯又一杯地畅饮，非要歌手们重唱那支勾起他童年回忆的歌曲；在这个角落，一个女人正挤眉弄眼，向一位望着别人的男子频送秋波；在那个角落，一位两鬓花白的夫人微笑着望着姑娘们，想从她们中间为自己的独生子物色一个新娘；在窗户附近，一个妻子乘丈夫酒醉之机，凑到情人身边……所有的人都沉湎

---

① 这个故事发生在 19 世纪的后半叶的黎巴嫩北部。它是一位杰出的女士告诉我的，而她正是故事中的一个人物。　——原注

在醉酒和调情之中，寻欢作乐，把昨天发生的一些事置诸脑后，也不考虑明天将发生些什么事，只顾今朝有酒今朝醉。

在发生这一切的时候，美丽的新娘忧伤地看着这个场面，就像是绝望的俘虏望着漆黑的监狱之墙。她不时张望着大厅里的一个角落，那里孤零零地坐着一个二十岁的青年，像只离群的受伤的小鸟躲开兴高采烈的人群；他抱着双肩，宛如不想让心脏逃走似的。他凝视着大厅空间里一个看不见的东西，好像他的感觉已经同灵魂分开，灵魂追随着黑暗幽灵在空荡的世界里翱翔。

午夜到了，众人的欢乐气氛更浓了，变成了一种骚乱。他们醉得头晕脑涨，说不出话。此时，那个新郎，一个其貌不扬的青年从位子上站起来，他已经醉了，装出一副文雅的样子同人们应酬。

新娘示意身边的一位姑娘走近点，那姑娘走过来挨着她坐下。新娘环视四周，像一个焦躁不安的人要透露一项重大机密似的，贴近身边的姑娘，声音发抖地对她耳语道：

"我的朋友，我要求你发誓，凭着把我们从小结合在一起的友情，凭着你在这生活中珍视的一切东西，凭着你心中的秘密，凭着抚摸我们灵魂并把它们变成光明的爱，凭着你心中的欢乐和我内心的痛苦发誓，你现在就去赛里姆邦里，要他悄悄地去花园，在柳树下等我。苏珊，你替我恳求他，直至他答应我的要求；你请他回忆过去的日子，以爱的名义请求他，对他说，她正在受罪，什么都看不见；请你对他说，她快死了，想在被黑暗包围之前，向你敞开她的心扉；请你对他说，她是个不幸的垂危之人，想在地狱之火攫取她之前，看见你眼睛的光芒；请你对他说，她错了，想承认自己的错误，得到他的宽恕。请你快去他那里，替我当面恳求他，不用怕那些猪猡的监视，因为酒精已经堵住了他们的耳朵，弄瞎了他们的眼睛。"

苏珊从新娘身边起身，又坐在孤单和悲伤的赛里姆身边，低声地安慰他。苏珊把朋友的话及感情转述给他，友情和忠诚益于言表。他低头倾听，一言不发。苏珊说完后，他像一个干渴的人望着苍穹里的酒杯一样望着她，他以发自地球内部的深沉的嗓音回答她：

Khalil Gibran

"我在花园里柳树下等她。"

他说完，便起身去了花园。

不一会儿，新娘也站起来，踮着脚，穿过喝得醉醺醺的男人和被小伙子弄得心神不定的女人。当她到被夜幕遮蔽的花园时，迅速地回头望了一下。她像一头不安的羚羊为摆脱敏捷的恶狼而逃跑避难时那样，朝那个青年所在的柳树跑去。当她见他就在身边，便扑进他的怀里，双臂搂住他的脖颈，凝视着他的双眸。她急切地说着，字字句句像泪珠一样迅速地流淌出来：

"请听我说，亲爱的！你好好地听着，我真为自己的无知和草率后悔。我的确后悔，赛里姆，因为后悔我都心碎了。我爱你，我只爱你，我永远爱着你。他们告诉我说，你已把我忘了，抛弃了我，爱上了别人。这一切都是他们告诉我的，赛里姆。他们用舌头毒害了我的心，他们用利爪撕碎了我的胸膛，用欺骗填满了我的心房。纳吉芭对我说，你已经忘了我，讨厌我，已经爱上她了。这个可恶的女人欺骗了我，欺骗了我的感情，让我同意接受她的亲戚当新郎，我便答应了。赛里姆，除了你，我不会有新郎！

"现在，蒙住我眼睛的布条已经揭去，我便到你身边来了。我从这个家出来，就不会回去了。我来了，要拥抱你。在这世界上，没有一种力量能让我回到那个我被迫和他结婚的男人的怀抱。我已抛弃了谎言为我选择的新郎，也抛弃了命中安排为我的主宰的父亲，抛弃了神父用以编织花环的鲜花，抛弃了传统用以铸造枷锁的法律。我已抛弃了这个充满了醉酒和放荡的家庭的一切。我来了，跟你去遥远的地方，去天涯海角，到精灵栖息的地方，任死神摆布。来吧，快！赛里姆！趁着夜幕快走。来吧，我们去海边，乘上一艘船，让它把我们载往遥远而未知的国度。来吧，我们现在就走，如果拂晓来临，我们就会落入敌人的手心。你看，你看这些金首饰，这些项链和珍贵的戒指，这些名贵的宝石，这些够我们以后用的了，保证我们能过上王公般的生活……

"你为什么不说话，赛里姆？你为什么不看着我？你为什么不亲吻我？你在听我心灵的呼叫和哭泣吗？难道你不相信我抛弃了我的新郎和我的父亲，我穿着结婚礼服，是为了同你一起逃遁？你说呀，或者让我们快走，这几分钟的价值比钻石值钱，比国王的王冠贵重。"

新娘述说时，那声音比生命的低语更甜美，比死亡的哀泣更苦涩，比鸟儿扑翅更轻柔，比波涛的呻吟更深沉。它在失望和希望、甜蜜与痛苦、欢乐与苦难间起伏跳跃，是那个女人心间全部的追求和感情。

那青年在听着，内心里爱情同荣誉在搏斗：那爱化崎岖为平坦，变黑暗为光明；那荣誉，挡在心灵的前面，使它违背自己的希望和意愿。那爱，是上帝降临在心上的；那荣誉，是人类的传统倾注在头脑中的。

经过似各民族所经历的几代人漫长的可怕的沉默，青年才扬起头，荣誉感战胜了意愿，他不看那个害怕和期待着的少女，缓缓地说道：

"你请回吧，女人，回到你新郎的怀抱去。事情已经结束了，清醒抹去了梦想的图画。趁人们没看见你，快回到欢乐当中去吧，否则人们会说，她在新婚之夜背叛了自己的新郎，就像在过去背叛了心爱的人一样。"

听了这一番话，新娘浑身哆嗦起来，如迎风的凋谢之花那样摇晃不止。过了一会儿，她才痛苦地说道：

"我不回这座房子里去，只要我还有一口气，就决不回去。我已经永远地从那里出走了，我像俘虏抛弃流放地那样，抛弃了这座房子及里面的一切。请你不要把我从你身边推开，也不要说我是个叛徒；因为爱情之手，把你我的灵魂掺杂一起，这双手比将我的身体送给新郎的神父之手更强壮有力。我的双臂已经搂住你的脖颈，没有什么力量能把它们扯开；我的心已紧贴了你的心，死亡也不能分离它们。"

青年装出嫌恶的表情，企图挣脱她的双臂，说道：

"离远点，女人！我已把你忘了，是的，把你忘了。我讨厌你，并且爱上了别人，人们说的都是实话。 你听见我说什么了吗？ 我忘了你，甚至忘掉了你的存在；我讨厌你，甚至打心眼里就不想见到你。 离开我，让我走自己的路，回到你新郎身边去吧，做他忠实的妻子。"

姑娘悲痛地说道：

"不，我不相信你的话，你还爱着我，我现在从你的眼里还看到爱的意思，当我挨着你的身体的时候，我就感觉到了它。 你爱我，爱着我，就像我爱你一样，你爱我。 我不离开这个地方，除非跟着你。 只要我有意志，就不走进那座房子。 我来就为了跟随你，直到天涯海角。 领着我，握紧我的手。"

青年提高嗓门，说道：

"放开我，女人！否则我要竭尽全力大喊了，把应邀参加你婚礼庆典的人都召到花园来，让你当众出丑，成为他们唾弃的一口苦液，挂在嘴上的丑陋典型。 我要让心爱的纳吉芭讥笑你，为她的胜利而欢欣，讽刺你的失败。"

他边说边抓住她的胳臂，想把她推开。 她的表情突变，两眼射出光芒，她的温情、愿望和哀怜整个地变成了愤怒和严峻。 她变成了一头失去幼崽的母狮，或者从底部激起狂飙的海洋。 她吼道：

"在我的后面，还有谁能享受得到你的爱情？ 除了我的心，哪颗心能为你的亲吻陶醉？"

说完这些话，她从内衣里抽出一把锋利的匕首，闪电般地捅进他的胸口。 他倒在地上，像被狂风吹断的树枝。 她俯下身去，手上的匕首还滴着血。 青年睁开蒙上死亡阴影的眼睛，双唇微颤，呼吸微弱，说出了以下的话：

"现在挨近我吧，亲爱的，挨近我，莱伊拉，别扔下我。 生命比死亡软弱，死亡比爱情软弱。 请听，听啊，人们为你的婚礼欢笑。 听啊，听他们清脆的碰杯声。 请让我吻你的手，它打碎了我的枷锁。 请吻我的双唇，吻我的双唇，那说过谎话、掩饰我内心秘密的双唇。 请你用沾有我鲜血的手合上我疲惫的眼睑吧。 当我的灵魂飞上天空时，请把匕首放在我的右手旁边，并对他们说，他因失恋和嫉妒而自杀了。 我爱你，莱伊拉！我从未爱过别的女人。 但是，牺牲我的心、我的幸福和生命，比在你新婚之夜带着你逃跑要好。 吻我呀，亲爱的，在人们看见我的尸体之前，吻我⋯⋯吻我⋯⋯莱伊拉。"

死者的手落在被刺破的心脏上，脖颈扭了一下，灵魂飞走了！

新娘抬起头，回头望望大厅，以令人生畏的声音喊道：

"你们过来呀，人们，你们来呀！这里正举行婚礼，新郎在这里。 大家都来呀，我让你们看我们柔软的新婚之床。 醒来吧，沉睡的人们！振作起来，喝醉的人们！你们快来呀，让我们给你们看看爱情、死亡和生命的秘密。"

新娘的喊声在这座房子里的每个角落震荡，她的那番话传入了兴高采烈的人们耳中，他们的灵魂震颤了。 他们先听了一阵，然后才如梦方醒，急忙冲出大厅，东张西望。 当他们突然看见一具尸体和跪在死人旁边的新娘时，吓得往后退去。 没有人敢于上前询问发生了什么事，从死者胸前流出的鲜血和新娘手中匕首的寒光，使他们张口结舌，生命僵滞在身体里面。

新娘转过脸对着他们，她的表情严峻，令人悲哀。 她大声说道：

"靠近点，胆小鬼们！别怕死亡的阴影。 死亡的阴影是伟大的，不会靠近你们这些卑微小人。 靠近点，不要怕得发抖，也不要怕这把匕首，它是神圣的工具，不会挨上你们醒龉的身躯和黑暗的心胸。 你们看这位没穿结婚礼服的漂亮青年，他是我的心上人；我杀了他，因为他是我所爱的人；他是我的新郎，我是他的新娘。 我们寻找过，却在这世界上找不到适合我们结合的床。 你们用你们的传统把世界变得窄小，用你们的无知把天地变得黑暗，用你们的喘息把生命污染得腐败。 我们宁可上到云彩的背面。 走近一点，你们这些胆小软弱的人！好好看着，你们也许会看见上帝的容颜反映到我们的脸上，听到他甜美的声音发自我们的心房。

"那个可恶的女人，那个忌妒的女人在什么地方？她当我的面中伤我的爱人，说什么我的爱人正热恋着她，已把我忘掉了。 她还说，我的爱人为了忘掉我，才爱上她。 这个邪恶的女人满以为当神父举手到我和她的亲戚的头上祝福时，她就获胜了。 那个诡计多端的女人在哪里？那个地狱之蛇纳吉芭在哪里？现在让她走近一点，看看正是她把你们聚在一起庆祝我的爱人的婚礼，而不是来庆祝她为我挑选的那个人的婚礼……

"你们不明白我的话，因为浪涛听不懂群星的歌声。 不过，你们将会告诉你们的孩子，那个女人在新婚之夜杀死了她的爱人。 你们会提到我，用你们罪恶的嘴唇诅咒我！但是，你们的儿孙将为我祝福，因为真理和灵魂属于明天。

"你，蠢笨的人哪！你想用诡计、金钱和卑劣的手段娶我为妻，你是那个在黑暗中寻找光明的民族的象征，那个民族在石头块里等待泉水，荆棘当中寻找玫瑰。 你是那个像盲人顺从瞎子向导般的顺从自己愚钝的国家的象征。 你是砍断脖颈和手腕以抢夺项链和手镯的虚假阳刚之气的代表。 我宽恕你的卑琐，因为我因离开这个世界而欢欣的心，宽恕这个世界的所有罪过。"

此时，新娘向上扬起匕首，像一个干渴的人将杯子举向唇边，把匕首刺向胸口。 她如一棵被砍断的晚香玉花，倒在她爱人的身边。妇女们发出恐惧和痛苦的叫声，有几个吓得昏厥过去。 男人的喧嚣声从四面八方传来，恐惧和敬畏地向两个倒在地上的人走去。

将死的新娘望着他们，洁白的胸衣上鲜血喷涌。 她说道：

"别过来，责难者们，不要分开我们。 假如你们要分开我们，正飞翔在你们头上的灵魂将扭住你们的脖颈，狠狠地掐死你们。 让这饥馑的大地一口吞下我们的躯体，让大地像保护种子免受寒冬冰雪的侵害直至春天到来那样，把我们隐藏和保护在它的胸口里吧。"

新娘用力俯在爱人身上，将嘴唇紧贴在他冰冷的嘴唇上。 在她咽气之前，断断续续地说道：

"亲爱的，你看！你看呀，我心中的新郎，你看那些忌妒者怎样围住我们的床，看他们怎样盯住我们看。 你听他们咬牙切齿和肋骨格格的响声。 你已等我很久了，赛里姆。 我就在这里砸碎了镣铐，打开了锁链。 让我们飞快地奔向太阳，我们在阴影里呆得太久了。 图画被抹去，许多东西被遮住，除了你，我再不看任何东西。 这是我的嘴唇，请接受我最后的气息吧。 让我们走吧，赛里姆，爱情已张开翅膀，引导我们飞向那光明之国。"

新娘的胸贴在爱人的胸上，她的血同他的血汇在一起，她的头牵拉在他的脖颈上，眼睛一直凝视着他的眼睛。

人们又默不作声地呆了一小会儿，他们脸色蜡黄，膝盖发抖，似乎死神的威严已掠走了他们的力量和活力。

此时，那位用自己的教导编织了这个婚礼的花环的神父走上前，右手指着两具尸体，望着吓得目瞪口呆的人们，以沙哑的声音对他们说：

"诅咒这些手吧！它们居然伸向沾满罪孽和耻辱的躯体！诅咒那些眼睛吧！它们竟然为两个堕入地狱的灵魂流下眼泪。 让萨杜姆的儿子和阿穆拉的女儿的尸体留在被他们的血玷污了的土地上吧，让人们践踏去吧！让野狗撕碎他们的躯体，让狂风刮散他们的骨架！人们哪，回家去，躲开这两颗被错误铸就、被卑劣碾碎的心散发的臭气吧！快散开吧，站在尸体旁的人们！趁地狱之火尚未吞噬你们，快离开这里！你们当中若有人留在这里，就要被抛弃，遭鄙视，进不了信徒膜拜的教堂，也不能参加基督徒的祈祷。"

苏珊往前走了几步，这位姑娘曾受新娘的委托给她的心上人送信。 她站在神父面前，用热泪盈眶的眼睛望着他，她勇敢地说道：

"我留在这里，你这瞎了眼的不信主的人！我守护他们直至黎明，我为他们在这柳树下挖一座坟。 如果你们要阻止我，那我就用手指撕裂大地的胸膛；假如你们绑住我的胳臂，我将用牙齿去挖。你们快从这个充溢馨香的地方滚出去，猪猡不愿呼吸这芬芳的气息，窃贼害怕遭窃的主人，害怕黎明到来。 快回到你们阴暗的床榻上去！天使为两位爱情牺牲者所唱的歌曲，无法传入被土堵塞的耳朵里！"

在神父阴沉的脸色下，人们散去了。 那个姑娘一直站在两具僵硬的尸体旁，好像她是一位母亲，在寂静的夜晚守护两个孩子。

当所有的人都不见之后，这个地方变得空空荡荡，她才放声大哭起来。

不信教的赫里勒

1

谢赫·阿巴斯在那个黎巴嫩北部偏远的村子里，牧人们把他当成国王。他的宅邸位于许多简陋的房屋当中，犹如侏儒群中的巨人。从生活上看，他很富裕，他们则贫困。在品德上，他和他们的区别是强权和软弱。

假如谢赫·阿巴斯对这些农村人讲话，他们都肯定低头倾听，似乎智慧的力量遴选他为代表，通过他的舌头传译罢了。假如他生气，他们都害怕地发起抖来，从他面前散开，像树叶碰上狂风一般。假如他掴他们中间某人的耳光，那人必定默默地站在那里，似乎那一巴掌来自天上，而昂颈看看是谁打的便是对神的不敬。假如，他对另外一人微笑，所有的人都会说，那小伙子多么幸福，谢赫·阿巴斯喜欢他。

Khalil Gibran

这些可怜的人顺从谢赫·阿巴斯，害怕他的严厉，不仅仅是因为他们软弱和他的力量，更因为是他们贫困，有求于他：他们耕种着他的田地，居住的房舍产权属于他。这些是他从父亲和祖父那里继承的；同样地，他们从父辈祖辈那里继承了贫困和苦难。

他们耕作、播种和收获时均在谢赫的监视下，而他付给他们劳累、努力的报酬只是收获的一部分，几乎不够填饱他们的肚子。他们大多数人，在漫长的冬季结束之前，就没有吃的了。他们便一个接一个地站在他面前，哭泣着哀求他希望能从他那里借上一个金币，或者一口袋麦子。谢赫·阿巴斯总是欣然答应，因为他知道他们将借一还二，那是在收获季节的事了。

就这样，这些可怜的穷人就身负谢赫·阿巴斯的重债，离不开他，害怕他发怒，求他的欢心。

冬天大雪纷飞，狂风呼号，田野和谷地里空空荡荡，只有哇哇叫唤的乌鸦和光秃秃的树干。 村里的居民在给谢赫·阿巴斯的谷仓里装满粮食，给他的酒桶里灌满了葡萄酒，随后无事可干了，就待在他们的家里，守着火炉，回忆上辈人的往事，白天和黑夜的奇闻轶事。

十二月结束了，年迈的这一年向着灰暗的空间吐出了最后的气息。 最后一夜将给新生的一年加冕，让它坐上存在的宝座。

微弱的灯光消失了，黑暗笼罩了河谷和峡谷。 雪下得越来越密，狂风呼啸，从山顶掠向低地，夹带着雪花，并把它存在深谷。树木在严寒下颤抖，傍依着大地摇晃。 白天，雪花飘舞；晚间，风雪平息。 田野、山坡和道路像一张白纸，死神在上面写下了含糊费解的行行字迹，然后又将它们抹去。 在雾气中，分散在谷地两旁的村庄忽隐忽现，本来在简陋的房舍和住房窗户上闪烁的微弱灯光已看不到了。 农民们的心情都紧张起来，牲口圈旁的牲畜都蜷伏在角落，狗藏在窝里，只有大风肆虐，在山洞和沟口发出喧嚣的声音。有时令人生畏的声音来自深沟，有时又从山顶呼啸而下。 这仿佛是因为大自然为年迈之年的死亡而咆哮，并起而向隐藏在房舍里的生命复仇，以严寒和狂怒同生命搏斗。

在这恐怖的夜晚，处于这动荡的气氛中，有一个二十一岁的青年正在爬山，他从卡兹希亚修道院①步行去谢赫·阿巴斯的村子。 寒冷使他的关节变得不灵活，饥饿和恐惧耗去了他的力气。 雪花遮住了他的黑衣，似乎要在冻死他之前就给他穿上白色殓衣。 他每向前迈

---

① 卡兹希亚修道院是黎巴嫩最富有的著名的修道院，岁入数千金币，住有数十位修士。 卡兹希亚是古叙利亚语，意为“生命乐园”。

出一步，狂风都猛烈地把他向后推，好像不愿看着他走进有人的住宅。 崎岖的山路使他摔了一个大跟头，但他爬起来，声嘶力竭地呼救。 严寒使他发不出声音，他便发着抖，默默地站着，似乎在他身体里各种因素在互相斗争：在强烈的沮丧感和深刻的忧伤中存在着微弱的希望。 他像是一只折断了翅膀的小鸟，掉到了河里，愤怒的湍流将它卷入了河底。

青年仍然攀登着，死神尾随着他，直至他耗尽了气力、意志薄弱，血管里的血凝固起来，他终于倒在雪地上。

从他身体里残余的生命中迸发出一声叫喊，那声音是面对面地见到死神时的恐惧者的喊声，是被黑暗伤害了的失望的斗士的喊声——他被暴风抓获，将被投入深渊，是在走向虚无之前发出的热爱生命的本能的呼喊。

3

在村子的北面，有一独立的小屋，坐落在田野里。 一个叫拉希勒的女人同她不满十八岁的女儿玛丽亚，住在里面。 这个女人是赛姆昂·拉米的遗孀，他在五年前被人杀死在旷野里，至今不知道凶手是谁。

同所有贫苦的寡妇一样，拉希勒靠勤奋和劳作过活，害怕死亡和毁灭。 在收获季节里，她去田里拾取丢在地里的麦穗；在秋季，她到果园捡拾被遗忘的果子；在冬季，她纺线织布，卖得几个铜币或换一小口袋玉米。 她所有的劳动都要依靠坚定、忍耐和专心。 而她的女儿玛丽亚则是个文静而漂亮的少女，分担了母亲的劳累和家务活。

那个令人毛骨悚然的夜晚，我们已经作了描述。 在那晚，拉希勒和她的女儿挨着火堆坐着，那点火已抵挡不住刺骨的寒气，灰烬快把炭块盖住了。 在她俩的上方，有一盏灯光微弱的油灯，那黄色的光芒射进黑暗的中心，同样地，祈祷把慰藉的幻影带到悲哀的穷人心田。

午夜了，两个女人坐在那里听着外面的风啸声。 有时，少女站起身，打开小窗，望着黑暗的天空，随后又回到原处，为大自然的暴怒忐忑不安，手足无措。

就在这一刻，少女突然动了一下，好似从熟睡中惊醒了一样。她害怕起来，扭头望着母亲，迅捷地说道：

"你听见了吗，妈妈？ 你听见一个喊救命的声音了吗？"

母亲扬起头，仔细听了一下。 她回答道：

"没有，我只听见了风的吼叫声，我的女儿。"

少女又说道：

"我可是听见一个比狂风吼叫更深沉、比风暴呼啸更苦涩的声音。"

她边说边站起来，打开小窗，仔细听了一会儿。 她然后说道：

"我又听到了，妈妈。"

妈妈吃惊地快步走向窗户，回答道：

"我也听见了……来，我们开了门看看。 关好窗户，别让风刮灭了油灯。"

她说着，裹上一件长袍后，打开门，一步一步地走出去，玛丽亚留在门口，风刮乱了她的头发。

拉希勒脚踩着雪，迈了几步后，喊道：

"谁在喊？ 喊救命的人在哪里？"

没人答应。 她又喊了第二次和第三次。 在狂风稍稍收敛的空当，她勇敢地往前走了几步，看见了印在雪地上的脚印，快要被雪花埋没了。 她急急忙忙循着脚印寻找，不一会儿，她见到前面有一个皑皑白雪映照下的黑堆，仔细辨认后，确认那是一个倒在雪上的人。她赶紧往前走了几步，扒开他身上的雪，把他的头放在自己的膝盖旁，摸摸他的胸口，感到他的微弱的脉搏，便扭头望了望家，大声喊道：

"快来，玛丽亚！ 快来帮我，我找到他了！"

玛丽亚从家里出来，顺着母亲的足迹。 她因害怕和寒冷而浑身打颤。 到了母亲身边之后，看见一个青年一动不动地倒在地上，便"哎呀"起来。 此时，母亲己把手插进他的腋下，说道：

"他还活着，别害怕！揪住他的衣服，我们把他抬回家去。"

两个女人抬起这个青年，狂风迎面吹来，雪花打在她俩脚下。回到家后，她俩把他安置在火堆旁。 母亲按摩着他已经发僵的身体的各个部分，女儿则用衣角擦干他湿透的头发和冰冷的手指。 刚几分钟，他就缓过来了，稍稍动了一下，眼睑也抖动起来，深深地叹了口气。 这使两个好心肠的女人觉得他有了救了。 玛丽亚脱下他因走路而破损的鞋，换下他湿透了的长袍，说道：

"你看呀，妈妈！你看他的衣服，像是一个修道士。"

拉希勒转过脸来，往火堆里加了一块干柴，惊讶地问：

"修道院的修士在这样可怕的夜晚是不会出来的。 天哪，是什么使这个可怜的人拿自己的生命冒险？"

少女补充道：

"可是，他没有胡须，妈妈，修士们的胡须很浓。"

母亲朝他瞥了一眼，眼中流露出一种母性的柔情。 她叹了一口气，说道：

"好好地擦干他的脚，女儿，不管他是修士还是罪犯。"

拉希勒打开木柜，取出一个小罐，里面盛满了酒。 她把酒斟在一个陶瓷杯里，对女儿说道：

Khalil Gibran

"扶住他的头，玛丽亚，我们给他灌几口酒，他就会振作起来，身体就会热起来的。"

拉希勒把杯子沿贴在青年的唇边，给他灌了一点酒。 他便睁开大眼睛，第一次注视着两位救命恩人，目光既柔和又悲哀，他流出了感激的泪水。 他望着她俩，目光是一个刚才还在死神的利爪中、现在又得到生命的爱护的人的目光。 是沮丧后希望的目光。 他转动一下脖颈，从发颤的嘴唇中吐出下面的话：

"愿上帝降福于你们。"

拉希勒将手搁在他肩上，说道：

"别累着，别说话，我的兄弟。 保持沉默，以恢复体力。"

玛丽亚说：

"靠着枕头，离火堆近一些。"

青年叹息着倚靠在枕头上。 过了一会儿，拉希勒往杯子斟满酒，又让他喝了一回，她转身对女儿说道：

"把他的袍子挨着火烤干。"

玛丽亚把袍子烤上，坐在那里同情地望着他，仿佛想通过自己的目光把热量和力气注入到他瘦弱的身体里去。

这时，拉希勒拿来两片面包、一个盛满糖蜜的木碟和一个装了些干果的盘子，坐到青年身边，像母亲喂婴儿那样给他一口一口地喂食。 当他吃饱后，感到身上有劲了，便在毯子上坐直了。 玫瑰色的火光映在他的黄脸庞上，忧郁的眼睛发光了。 他缓缓地摇摇头说：

"仁慈和残酷在人的内心搏斗，就像在这漆黑的夜晚里，天空中各种因素在斗争一样。 不过，仁慈将要战胜残酷，因为它是天意。随着白昼的到来，夜晚的恐惧将会过去。"

青年停顿了一会儿，以几乎听不见的声音补充道：

"一只手把我推向死亡，一只手把我救了。 人是多么残酷和多么仁慈啊!"

拉希勒以母亲特有的安谧说道：

"我的兄弟，你怎么那么大胆，竟在这个连狼都害怕得躲进洞里的夜晚离开修道院?"

青年像是想把眼泪挤回内心深处那样闭上双眼，然后说道："狐狸有洞，天上飞鸟有巢，而我这个人之子却无栖身之地。"

拉希勒说道：

"当一个抄写员要追随拿撒勒人耶稣、要求把他带到他要去的地方时，耶稣就说了你所说的这番话。"

青年回答道：

"在这充斥了欺骗、虚伪和腐败的时代，所有追随灵魂和真理的人都这么说。"

拉希勒沉默了，思考着他说的意思。随后，她犹象地说道：

"可是在修道院里有一些宽敞的房间，装满金银的仓库，堆满粮食和酒桶的地窖，膘肥体壮的牛羊，是什么使你丢下这一切，在这样的夜晚出走？"

青年叹息道：

"我抛弃了这一切，是被迫从修道院出走的。"

拉希勒说：

"修士在修道院里，如同战场上的士兵，当院长斥责他时，他就默默地低头；院长若命令，他便立即服从。我听人说，人只有摆脱了意志、思维和爱好以及一切心理活动以后，才能变成修士。一个公正的院长不会要求部下做超出能力的事，怎么会要求你把性命交给狂风和大雪呢？"

青年说：

"人只有在像一个看不见事物、说不出话、失去感觉和力量的工具时，才能成为院长眼中的修士。而我从修道院出走，是因为我不是看不见的工具，而是能听能看的人。"

拉希勒和玛丽亚凝视着他，似乎从他的脸上看到了他企图隐藏的内心的秘密。随后，母亲惊异地说：

"那么看得见和听得见的人就要在这个什么也看不见　什么也听不见的夜晚出走吗？"

青年奄拉下头，叹了口气，深沉地说道：

"我是从修道院里被驱逐出来的。"

拉希勒大吃一惊，说道：

"被驱逐的？！"

玛丽亚悲叹地重复着这几个字。

青年抬起头，后悔将真情暴露给这两个女人，还担心她俩对他的怜悯变为愤慨和蔑视。不过，他看了看，发现她俩的眼睛里闪耀着同情和好奇的波纹，便发出被窒息的声音：

"是的，我是从修道院里被驱逐出来的，因为我不能亲手给自己挖掘坟墓，因为我的心已经无法继续欺骗和假仁假义下去，因为我的心拒绝享用穷苦人和可怜人的钱财，因为我的灵魂不愿意搜刮屈服于愚蠢的人民的收获。 我之所以从修道院里被驱逐出来，是因为我的身体再也感觉不到由住着草房的人盖的宽敞房屋里居住的舒适，因为我的肚子不再接受用孤儿寡母的泪水做成的面包，因为我的舌头再也不想为院长去换取信徒和普通人的金钱、为他去出售祈祷而活动。我像一个肮脏的麻风病人从修道院里被驱逐出来，因为我对神父和修士不断重复使他们成为神父和修士的圣经经文。"

　　青年一言不发了。 拉希勒和玛丽亚仍然惊讶地望着他，端详着他清秀但忧郁的脸。 她俩不时地对望，宛如在默默地互相询问他来到她俩这里的奇怪的原因。 结果，母亲想刨根问底，温和地望着他，并问道：

　　"你的父亲在哪里？ 母亲在哪里？ 我的兄弟，他俩还活着吗？"

　　青年的哽咽使他的回答不时中断，他说：

　　"我没有父亲，没有母亲，没有姐妹，也没有故乡。"

　　拉希勒颇有感触地叹了口气。 玛丽亚则转脸对着墙，以掩饰因同情而欲夺眶而出的泪珠。 青年望着她俩，像岩石缝中生长的花朵，拂晓将露水滴入花蕊那样，他感受到她俩的同情和爱护。 他抬起头，说道：

　　"我还不到七岁，我的父母就都死了！ 我出生的村里的神父把我带到卡兹希亚修道院。 修士们很高兴，让我为他们放牛。 当我十五岁时，他们给我穿上这身粗布黑衣，让我站在祭坛前，说道：

　　"'我以上帝和他的圣徒的名义发誓，我愿贫困、顺从和克制。'

　　"我在理解贫困、顺从和克制的涵义之前，在我看到他们指引我踏上的那条窄路之前，在我懂得他们那番话之前，重复了那番话。我的本名叫赫里勒，从那时起，修士们便称呼我为穆巴拉克兄弟，但他们从未把我当作他们的兄弟。 他们享用肉食及其他可口的食品，却给我吃面包干和干菜；他们饮酒及其他美味的饮料，我得到的却是水和眼泪；他们在软床上就寝，我则在猪圈旁边又黑又冷的屋子里的石床上入睡。 我自言自语道：

"'天哪，我什么时候变成修士，同这些幸福的人共享欢乐，共享他们的美味？什么时候食物的香味不会刺伤我的心，各种各样的酒不会折磨我的肝，院长的声音不使我的灵魂发抖？'但是，我徒然地盼望和做梦，因为我仍然在旷野里放牛，仍然背负着沉重的石块，用手挖着土方。

"我照旧做着这一切，以便得到劣质的食物和窄小的住处，因为我不知道有一个没有修道院的地方，我可以去那里生活。 修士们教育我，可以不相信一切，唯独要相信他们的生活。 他们用绝望和服从的毒液毒害我的心灵，以致我认为这个世界是忧愁和苦难之海，而修道院是摆脱它的港口。"

赫里勒端坐着，紧皱的眉头舒展了，他望着，似乎在这房子里见到了一种美好的事物屹立在眼前。 拉希勒和玛丽亚仍默默地凝视着他。 不一会儿，他又说道：

"上天所愿，带走了我的双亲，我作为孤儿被送进了修道院。修道院不愿让我像个盲人走在危险的渡口那样度过我的一生，也不想我成为可怜自卑的奴隶至生命的终点。 修道院让我睁开双眼和双耳，让我看见光明在闪耀，使我听见真理在讲述。"

Khalil Gibran

拉希勒摇摇头，说道：

"难道有不是普照众人的太阳的光明吗？人能够了解真理吗？"

赫里勒回答道：

"真正的光明是来自人的内部，向心灵阐述，使心灵为生活欢欣，以灵魂的名歌唱；而真理像星宿，只从夜晚中显现。 真理如世界上所有美好的事物，谁感到无价值的残酷影响后，它才显示自己令人满意的效果。 真理是神秘的感情，它教育我们为自己的岁月感到欣悦，让我们祝愿所有的人得到这种欢乐。"

拉希勒说：

"按照自己内心的神秘感情生活的人很多，相信这种感情是上帝为人类制定的法律的影子的人也很多；但是他们对自己的岁月毫无欢乐感，而是始终悲哀至死。"

赫里勒回答说：

"这些使人对生活失望的信念和教导都是荒谬的，引导人们绝望、忧愁和苦难的感情是虚假的；因为人在地球上应该幸福，应该知道幸福之路，不管到哪里，都要以主的名义讲这个道理。 谁看不到这种生活里的天国，谁就看不到来世的天国；因为我们来到这个世界不是当卑贱的流亡者，而是作为无知的儿童学习生活的美德和秘密，崇拜永恒的灵魂，考察我们的内心。

"这就是我阅读了拿撒勒人耶稣的教导所知道的真理，这是从我内心迸发的光明，修道院向我阐明的光明，在漆黑的深渊里，那可怕的幽灵要杀死我。 这就是美丽的旷野对我——当时我饿得直哭，在树荫下唉声叹气——宣示的奥秘。

"有一天，我的心正为这上天的佳酿陶醉，我勇气倍增，我站在修士们中间——当时他们坐在修道院的花园里，活似一群消化不良的牲畜——向他们阐述我的想法，向他们朗读指出他们谬误和背弃《圣经》的经文。 我对他们说：

"'我们为什么在这偏僻的隐居地，靠享用穷苦人和可怜人的财富消磨时间，津津有味地嚼着用他们额头上的汗水和眼眶里的泪水制成的面包，占有他们拥有的粮食？我们为什么过着懒散慵怠的生活，脱离需要知识的人民，剥夺他们思考的力量和决心？拿撒勒人耶稣把你们作为羊只派到狼群中，是哪些教导使你们变成羊只中的狼群？你们为什么远离人们，而上帝是要求你们克己为人。 假如你们比行进在生活行列中的人更优越，你们就该到他们那里去，教育他们；如果他们比你们更优越，你们就该同他们融合、向他们学习……怎么誓愿贫穷，却像王公？誓愿服从，怎么背叛《新约》？誓愿清廉，你们的内心却充斥着贪婪？你们假装苦己筋骨，实际上残杀了心灵；你们伪称超脱尘世，实际上比人更贪得无厌；你们假装修行节俭，实际上你们却像忙于寻找好牧场的牲口。 来吧，我们把修道院广阔的土地还给这些贫穷的村庄，把我们从他们口袋里夺来的钱财退给他们。 来吧，我们分头到四面八方，像四处飞翔的鸟儿，为那些把我们变成强者的弱者服务，改良这个曾为我们提供优裕条件的国家。 我们知道，这个苦难的民族面对阳光微笑，为上天的恩赐欢欣，为生命和自由的荣耀欣喜；因为我们所见的人们的苦痛比我们倾心的舒适更宏伟美好。 我们亲身体验到的仁慈——来自亲人之心的——比起修道院的那些人的德行要崇高；因为我们对弱者、罪人和堕落者所说的安慰之词要比我们在教堂冗长的祈祷高尚得多。'"

赫里勒沉默片刻，喘了喘气，抬眼望着拉希勒和玛丽亚，平静地说道：

"我当着修士们的面说这些和类似这些话的时候，他们听着，露出惊异的神情，好像不相信像我这样一个青年会站在他们中间，胆大妄为地说着这样的话。 所以，当我说完后，一个修士把牙齿咬得格格作响说道：

"'你这个孱弱的家伙，你好大的胆子，竟当我们的面说出这种话来？'

"另外一个人走上前，讥讽地大笑道：

"'你是从你每天陪伴着的猪牛那里学到这点智慧的吧？'

"又一个修士上来恐吓道：

"'你这个下流坯，你会看到自己的下场的，你这个不信教的家伙。'

"他们散开了，好像健康人躲避麻风病人似的。

"有个教士去了院长那里，向他抱怨，说我如何如何。 在日落时分，院长把我叫去，严厉地斥责我，那些兴高采烈的修士们在一旁听着。 院长命令对我处以鞭刑，我挨了粗绳做成的鞭子的抽打，然后他又宣布将我关在牢房里整一个月。 修士们嘻嘻哈哈把我带进一间阴暗潮湿的房间。

"这个月过去了，我被扔在那个坟墓里，看不到光明，只感到虫豸的活动，只能摸到土。 我不知道白昼黑夜的变化交替，只有在一个修士为我送来发霉了的碎面包和加上醋的一点水时，我才听到脚步声。 当我走出牢房时，我发现他们把我的身体折磨瘦了，脸色发黄。 他们以为这下我心中的想法已经死亡，他们用饥饿、干渴已经杀死了我被上帝复活的感情……

"白昼黑夜，周而复始。 每当剩我自己时，我都用心思考，是什么使这些修士见不到光明，听不见生活的乐章。 但我想了又想，终不得要领。 久远的年代所编织的厚实的蒙布，短短的几天是无法摘除的；他们耳朵里愚钝的泥土已经变成了岩石，柔嫩的手指无法移掉它。"

在沉默中，唏嘘叹息清晰可辨。 玛丽亚昂起头，望着母亲，像是请求她让自己说话。 她又忧伤地瞥了赫里勒一眼，问道：

"后来，你又第二次面对修士们讲了这些话，他们便在这令人恐惧的夜晚——人们知道在这种情况下，连敌人都应该怜悯——把你赶出了修道院吗？"

青年答道：

"今天晚上，当天空中狂风大作、昏天黑地的时候，我远离那些围火取暖和闲聊讲笑话的修士们，独自坐着。 我打开《新约》，仔细研读，忘记了大自然的盛怒和残酷。 修士们见我远离他们，便把我的孤单作为取笑的由头。 我不理睬他们，仍埋头读书。 他们挤眉弄眼，哈哈大笑，讥笑着对我指指点点。 我仍然不理睬他们，合上书，望着窗外。 他们烦躁起来，对我怒目而视，我的沉默使他们不安。 激怒了他们。 一个修士对我说：

"'你在读什么，伟大的改革家？'

"我连眼皮都没抬一下，而是打开《新约》，大声朗读了这么一段话：

"'他对那些出走以得到他批准的人说，蛇的孩子们，我看你们逃避将来的愤怒，便制作适合悔改的果实。 不要对自己说，我们的易卜拉欣有父亲，因为我对你们说，上帝能够从这个石头中为易卜拉欣造出儿子。 现在你把斧子放在树根上，所有的树在被砍断之后，扔进火里，就不会结果实了。 众人问：那我们怎么办？他回答说，谁有两件衣服，就给没衣服的人一件，谁有食物，亦照此办理。

"当我读完施洗的约翰所说的话，修士们沉默了一会儿，好像他们的灵魂被一只神秘的手抓住一般。 但他们又开始嘻嘻哈哈起来。一个修士说：

"'我们把这段话读过许多遍，我们不需要放牛的让我们再听这段话。'

"我便回答：

"'假若你们读了并且理解了这段经文，那么这淹没在雪里的村民们便不会为寒冷而颐躁，为饥饿而挣扎，你们自己却享用着他们的钱财，喝着他们的葡萄酒，吃着他们牲畜的肉……'

"我刚说完这些话，脸上便挨了一个修士的巴掌，好像我说了什么蠢话。 另外一个修士又踢了我一脚，还有的把我手中的书夺走。有人叫来了院长。 他们把刚才的事告诉了他。 院长挺挺身子，紧皱眉头，气得发抖，竭尽全力大喊道：

"'把这个反叛的恶人抓起来，赶出修道院，让这坏天气教会他服从。 把他赶进寒冷的黑夜里，让大自然按照上帝的意愿处置他吧。 你们干完以后，好好洗洗手，别沾上他衣服上不信教的毒素。假如他回来恳求，装出忏悔的样子，不要给他开门。 毒蛇关起来也变不成鸽子，鸢尾花种在花园里，结不出无花果。'

"当时，修士们抓住我，用力把我推向修道院外面，大笑着回去了。 他们在拴上大门前，我听一个修士说：

"'你昨天是天使，放牧你的猪牛，今天我们摆脱了你，改革家！你破坏了规矩，现在你走吧，做饿狼和乌鸦的天使去，教它们应该怎样在洞穴和窝巢里生活。'"

赫里勒深深地叹了口气，然后转过脸，望着火堆里的光焰。 他声音激愤地说：

"我就这样从修道院里被赶出来了，修士们就这样把我交到死神手中。 我在雾中行走，根本看不见路；狂风撕裂了我的衣服，堆积的雪花冻僵了我的膝盖；我终于筋疲力竭，倒在地上呼救。 这呼救

Khalil Gibran

声来自一个绝望的人，他觉得除了死神和漆黑的谷地谁也听不到他的呼救。能听到的还有以太和星辰以外的，一切事物以外的。那是一种力量，是全部的知识，全部的仁慈。在我学到生活的奥秘之前，它不想让我死去，所以听到了我的呼喊。它派你俩找到我，把我从深渊和虚无的底部找了回来。"

青年沉默了。两个女人同情、赞赏和怜悯地注视着他，她俩的心似乎理解了他的内心世界，与他有同样的感知。不一会儿，拉希勒不由自主地同情地抚摸着他的手，眼眶里泪珠晶莹。她说道：

"上天选谁辅佐真理，不义和暴虐无法把他消灭，大雪和狂风不能杀死他。"

玛丽亚悄声道：

"狂风和大雪能杀死花朵，却杀不死它的种子。"

像黎明时的曙光照亮天边一样，同情使赫里勒蜡黄的脸上有了光泽。他说：

"你们和修士们不同，假如你们不认为我是个反叛者和不信教者的话，我在修道院里蒙受的压迫，是我们民族掌握知识之前忍受暴政的象征；在我几乎要死去的这一晚，多么像自由和平等前的暴动。人类的幸福产生自妇女敏感的心，从妇女尊贵的心灵里孕育出人类的情感。"

他说完，便倚在枕头上。两个女人不想再谈下去了，从他的眼神中，她俩看出跋涉的劳累之后，舒适和温暖使他瞌睡了。

不久，赫里勒便闭上眼睛，像个安全地躺在母亲怀抱里入睡的婴儿睡熟了。拉希勒慢慢站起来，玛丽亚随着站起来。她俩坐在床边注视着他，似乎他憔悴的脸有一种吸引力，使她俩的灵魂向它倾斜，使她俩的心灵围绕着它。

女儿说：

"妈妈，他的手同我的手一样，是教堂里耶稣的模样。"

母亲低声说：

"在他忧郁的脸上，表现出阴柔和阳刚。"

困倦的翅膀将两个女人的灵魂带往梦幻的世界。 火堆熄灭了，炭化为灰烬；油灯里的油干了，火花渐渐黯淡、熄灭。 狂风仍在外面咆哮，漆黑的天飘着雪花，被风刮得四处飞扬。

4

那个晚上后，又过了两个星期。 天空总阴沉着脸，有时平静，有时烦躁；谷地笼罩着浓雾，山上白雪皑皑。 赫里勒三次想上路，到海边去，都被拉希勒阻拦。 她说：

"你别再把性命交给这不长眼的大自然，还是留下吧，我的兄弟。 够两人吃饱的面包也够三个人，火堆的火一直烧着，你来以前和走以后都一样。 我们是穷人，我的兄弟，但是，我们同人们一样，堂堂正正地活着，因为上帝给我们的面包够我们吃的。"

玛丽亚则以温柔的目光请求他，用平缓的叹息声恳求他，不让他走。 这完全是因为他在生死未卜的情况下走进她的简陋的家，她感受到他内心的神的力量，将生命力和光辉传播到自己的心上；那新的引人喜爱的感情触发了她灵魂中的最神圣的部分，这是她出生以来第一次感受到的，是使玫瑰般的少女之心啜饮甘露的奇特感觉。

人的内心的感情，没有比在少女心中突然苏醒的、并且以具有魔力的乐曲充满其内心、使她的白昼似诗人的理想和她的夜晚像先知的鉴镜的神秘感情更纯净和甜蜜的了。 在大自然中，没有比将处女心灵的宁静转变为以其坚定性消灭了对往日的回忆、以其理想的甜美复活来日的连续的活动更强有力和更美好的秘密了。

黎巴嫩姑娘与其他民族的姑娘相比，具有感情强烈和感觉细腻的特点。 因为禁止智力的发展和理解力的提高的简单教育，将其精神转向探查内心的倾向，促使其研究心中的秘密。 黎巴嫩姑娘犹如低地地心的源泉，找不到通往大海的河道，形成了湖泊，其平静的湖面上映现出月亮和星星的光辉。

赫里勒感觉到玛丽亚围绕自己灵魂的精神波动，知道萦绕他的内

Khalil Gibran

心的神圣火炬已经燎着她的心室。 刚开始，他有一种迷途儿童见到母亲般的欢愉，但他冷静下来后，内心便责备她的仓促和迷恋。 他认为，这种精神上的相互理解，当岁月将他同这个村庄分离之后，将会像雾气一样消失。 他自言自语道：

"这些戏弄我们——而我们处于完全无知的情况下——的神奇的秘密是什么？ 这些规律是什么？ 有时我们按照它通过崎岖之路，有时它让我们迎着太阳停下，我们欢喜雀跃；它让我们登上一次峰顶，我们微笑着欢庆，它又让我们坠入谷底，我们惊叫起来。 这种生活是什么？ 某一天，它如情人拥抱我们，再一天，它又像敌人那样打我们。 我过去不是受修道院修士的憎恨和压迫吗？ 我不是为了上天唤醒我的真理而受到折磨和讽刺吗？ 我不是对修士们说过，幸福就是人类心中的上帝的意愿吗？

"那么，这种恐惧是什么？ 我为什么要闭上眼睛，转脸不看发自这个姑娘双眸中的光芒？ 我是被驱逐的，她是个穷人，不过，人仅仅靠面包活着吗？ 生活不是债务和偿还吗？ 我们不是如冬夏之间的树木，处于艰难和顺利之中吗？ 不过，当拉希勒得知那个被修道院驱逐出来的青年的灵魂，同她的独生女儿的灵魂平静地相互理解和都接近了最高光明之界时，她将说些什么呢？ 天哪，如果她知道那个逃脱死神魔爪的青年想成为她女儿的伴侣，她将做什么？ 这个村里的普通百姓知道那个在修道院长大、后又被赶出修道院的青年到了他们的村子，将同那美丽的姑娘共同生活的话，他们将说什么？ 假如我告诉他们，那个离开修道院的人想如同离开黑暗牢笼、飞向自由和光明的人那样，生活在他们中间，他们会捂住耳朵不听吗？ 那个似国王生活在臣仆中一般生活在这些可怜的农民中的谢赫·阿巴斯，如果听到我的事，他会说什么？ 村里的神父如果不断有人在他耳际说我被修道院赶出来的种种情况，他将怎么办？"

赫里勒暗地里自言自语。 当时他坐在火堆旁，端详着像自己感情一般的火苗。 玛丽亚则偷偷地瞥着他，在他的容颜上读着他的追求，倾听从他内心流露出来的思想的回响，感受着萦绕他心房摇摆的顾虑。

一天傍晚，赫里勒站在俯瞰谷地的小窗前，谷地里树木和岩石都裹着银装，像是死神穿着殓衣。玛丽亚过来，站在他身边，透过小窗仰望天空。他转脸望着她，他俩的目光火辣辣地聚在一起。他又转过脸，闭上眼睛，似乎他的心在邈无终结的深底遨游，寻找着供述说的言语。

片刻后，玛丽亚鼓起勇气，问他道：

"如果这些积雪融化了，道路化开后，你要去什么地方？"

他睁开那双大眼睛，凝视着遥远的天际，回答道：

"我要去的地方，连我都不知道。"

玛丽亚的心颤了起来，叹着气地说道：

"你为什么不住在这个村子里，离我们近一点？这里的生活难道不比遥远的异乡更好些吗？"

他的心为她温柔的话语和声音的甜美慌乱起来。他回答：

"这个村子里的居民不会接受被修道院驱逐出来的人作为他们的邻居，不允许他呼吸他们赖以生存的空气，因为他们认为修士们的敌人不信上帝及其圣徒。"

玛丽亚唏嘘了一阵，保持着沉默，严酷的现实使得她哑口无言。赫里勒手托着脑袋，说道：

Khalil Gibran

"玛丽亚，这些村子里的居民已经从修士和神父那里学会了怎样为自己打算，他们变得效仿这些修士们，像修士们一样远离在探索中而不是追随中度过一生的人。假如我留在这个村子里，那我就要对他们说：

"'来呀，兄弟们，让我们按照我们的意愿膜拜和祈祷，而不像修士和神父那样，因为上帝不愿意成为模仿别人的蒙昧之人的被崇拜者。'

"他们会说：'这个不信教的人反抗由上帝交到神父手中的政权。'

"假如我对他们说：'你们听着，兄弟们，倾听你们心脏的声

音，照内心深处的灵魂的意愿去做吧！'

"他们会说，这个邪恶的人想要我们否认上帝在天地之间建立起来的媒介。"

此刻，赫里勒注视着玛丽亚的双眸，用低沉的声音说道：

"玛丽亚，不过在这个村子里有一种神奇的力量控制着我，缠绕着我的心，那是天上的力量。 它使我忘记了修士们对我的压迫，使我喜爱他们的残酷。 在这个村子里，我和死亡面对面地相遇；在那里，我的灵魂拥抱了上帝的灵魂。 在这个村子里，荆棘中花朵生长，我倾心于它的美，它的芬芳充满了我的心田。 我将抛下这鲜花，去宣讲使我远离修道院的原则呢？ 还是留在鲜花旁，为我的思想和我的理想挖掘坟墓，使那坟墓坐落在荆棘之中呢？ 我怎么办，玛丽亚？"

玛丽亚听了这番话，受到了震撼，宛如百合花在暴风前发颤。她心中的光芒放射出来，她羞得几乎无法启齿。 她说：

"我们俩都在正义、仁慈的神秘力量掌握中，让我们随它怎样对待我们好了。"

从那一刻起，赫里勒和玛丽亚感情交融，两人的心变成一支熊熊燃烧的火炬，从中迸发出光芒，香烟缭绕。

5

自亘古以来，直至我们今天，恪守继承的传统的阶层总是互相联合、同神父和宗教首领一致对付人民。 那是一种慢性病，以其利爪掐住人类大家庭的脖颈，只有当理智成为每个男人的国王、心灵成为每个女人的神父时，愚昧从这个世界上消失时，这种慢性病才会消失。

继承高贵身份之子在弱者穷人的躯体上建起自己的宫殿，神父则在驯服的信徒之坟丘上盖起教堂。 国王抓住可怜的农民的胳膊，神父在一旁掏农民的口袋。 统治者皱着眉望着田园之子，大主教扭脸向他们微笑；在老虎的皱眉和狼的微笑之间，羊只被宰杀了。 统治者宣称自己代表法律，神父自诩代表宗教，在他俩中间，肉体消灭了，灵魂消失了。

在黎巴嫩——富有阳光但缺乏知识的山国——贵族和神父联手加强对可怜的穷人的控制；穷人耕种收获，还要提防贵族的宝剑和神父的诅咒。

继承高贵身份之子在黎巴嫩站在宫殿旁，大声地对黎巴嫩人说：

"当局授权我管理你们的生活。"

神父站在祭坛前大喊：

"上帝任命我管理你们的灵魂。"

而黎巴嫩人保持着沉默，因为被土封闭的耳朵是打不开的，死人是不哭的。

谢赫·阿巴斯在这个村子里是管理者、统治者和国王，受到修道院修士们的喜爱。 他保持着他们的传统，遵守他们的教诲。 修士们同他一起扼杀知识，振兴服从，让在田野里耕作的农民顺从他们。

在那个晚上——赫里勒和玛丽亚喜结百年之好，拉希勒注视着他俩，探询着两人内心的秘密——村里的神父扈利·艾勒亚斯通知谢赫·阿巴斯说，修道院驱逐了一个叛逆和邪恶的青年。 他说，这个不信教的家伙两星期前就来到这个村子了，现在住在赛姆昂 拉米的遗孀拉希勒的家里。

扈利·艾勒亚斯不满足于把这个消息告诉谢赫·阿巴斯，还说道：

"从修道院被驱逐出来的魔鬼，在这个村子里也变不成天使；被苗圃主人砍断的无花果树，被扔进火里后，就结不出果子了。 假如我们愿意让这个村子平安，不受邪病毒菌的侵害，我们就应该把这个青年人从我们的家里、从我们的地里赶走，就像修道院的修士们赶走他一样。"

谢赫·阿巴斯问道：

"你怎么知道这个青年在村里像邪病毒菌一样呢？要是我们让他

看守葡萄园，或者放牛不是更好吗？我们迫切需要人手。如果有人给我们送来一个肌肉发达的年轻人，我们很满意，不会放过他。"

神父像毒蛇一样奸笑起来，捋捋胡须，说道：

"如果这个青年适合干活，修士们就不会赶他走了。修道院的土地多着呢，牲畜不计其数。修道院的麦卡利昨天在我那里呆了一晚上，说那个青年人反复地向修士们的耳朵灌输不信教的经文；还煽动反叛，这足以证明他的荒谬和卑鄙了。他多次胆大妄为地对修士们说：'把修道院的土地、葡萄园和钱财还给贫穷的村民们，你们分头到各地传道去，这比待在这里受膜拜和为人祈祷要好。'麦卡利还告诉我，严厉的训斥、皮鞭抽打和关在黑牢都没能让这家伙恢复理智，倒使这魔鬼养壮实了，就像给昆虫喂了垃圾一样。"

谢赫·阿巴斯站起身，像头老虎前扑之际先后退一步似的，沉默片刻，然后咬牙切齿，气得发抖。他向大厅门口走去，高声招呼仆人。三个仆人应声前来，站在他面前听候他的吩咐。谢赫·阿巴斯对他们说：

"在寡妇拉希勒家有一个身穿修士服的犯了罪的小伙子，现在你们就去把他绑来见我。如果那个女人反抗你，把她也抓起来，揪着她的头发扔到雪地里。谁帮助坏人，谁就是坏人。"

仆人们点头领命，他们迅速走出去执行主人的旨意。谢赫·阿巴斯和扈利·艾勒亚斯继续交谈着怎样处置被驱逐的青年和寡妇拉希勒。

6

白昼逝，黑夜至。夜晚将其幻影投向裹着银装的房舍。在这寒冷和伸手不见五指的夜晚，星星从死亡的恐惧后面闪现出来。农民们关上门窗，点上油灯，靠近火堆坐着，对在房舍周围行走的夜间幻影不闻不问。

此时，拉希勒和她的女儿玛丽亚，同赫里勒同坐在饭桌边吃晚饭。 有人敲门，随后进来的是谢赫·阿巴斯的三个仆人。 拉希勒吃惊地望着他们，玛丽亚吓得叫唤起来。 赫里勒平静如初，好像他宽阔的胸怀早已预见到此事。 早就等候他们的到来似的。

一个仆人上前，用力扳住赫里勒的肩膀，声音嘶哑地说：

"你就是被修道院赶出来的年轻人吗？"

赫里勒缓缓地答道：

"我就是。 你们要干什么？"

那人说：

"我们要绑上你，把你背到谢赫·阿巴斯家。 你假如有不服从的表现，我们就要把你像宰后的牲口扔到雪地上。"

拉希勒站起来，脸色发黄，眉头紧皱，声音发颤。 她说：

"他在谢赫·阿巴斯那里犯下了什么罪，你们为什么要绑上他？"

玛丽亚的声音里混杂着不平和乞求，她说：

"他才一人，你们是三个，联合起来羞辱和折磨他，不是胆小鬼的勾当吗？"

一个仆人怒火中烧，大喊：

"在这个村子里，有哪个女人敢违抗谢赫·阿巴斯的旨意？"

说完，他从腰间抽出一根结实的绳子，想绑上赫里勒的肩膀。青年站在那里，面不改色，而且头颅高昂，恰似狂飙前屹立的灯塔，嘴角绽出悲壮的微笑。 他说道：

"人们，我是可怜你们，因为你们是被弱视者欺压下的盲目的有力的工具，这个弱视者靠着你们的膂力压迫弱者。 你们是愚蠢的奴隶，愚蠢要比黑色人种黑得多，更服从不义和残暴。 人们哪，昨天我还和你们一样；明天，你们将变得同我一样。 而现在，我们之间隔着一条黑暗的深沟，吸走了我的呼唤，向你们遮挡了我的真情，使你们既看不见，又听不到。 我就这样，你们捆上我的胳膊，随你们的便吧。"

那几个人听到这番话，眼睛僵滞，身体发颤，他们惊呆了。 这

Khalil Gibran

青年甜美的声音停止了他们身体的动作，唤醒了他们内心沉睡的天性。 不过，他们很快又恢复原状，似乎谢赫·阿巴斯的声音又轰响在他们的耳际，提醒他们他派他们来的任务。 他们拥上前，用绳子捆住青年，默默地带着他走出去，他们多少感到一点内疚。 拉希勒和玛丽亚跟着他们，就像耶路撒冷的女儿们跟随耶稣去髑髅地受刑。她俩跟着赫里勒向谢赫·阿巴斯家走去。

7

在一个小村子，消息无论大小，都像头脑里的念头一样，非常快地传开。 这里的人生活范围窄小，远离是非纷繁的社会。 在冬季，田野和果园都披上银装沉睡着，生活变得怕冷，挨着火堆取暖。 村里人强烈地希望和热衷于打听消息，以让它的影响填满空虚的岁月，让分析研究伴随他们度过寒冷的夜晚。

就这样，谢赫·阿巴斯的仆人那个晚上刚抓住赫里勒，这消息就像长上翅膀一样在村民们中间传开了，引起了他们的好奇，想问个明白。 他们离开住处，像分散各地的士兵迅速集结般地聚到一起。 被绑起来的青年刚到谢赫家，这处大宅邸便聚集了男男女女和孩子们。他们伸长脖颈观望，想看那个不信教的被修道院赶出来的人一眼；还想看看寡妇拉希勒和她的女儿玛丽亚，这两个参与在他们村里传播毒药和地狱疾病的邪恶的女人。

谢赫·阿巴斯坐在一把高椅子上，旁边是扈利·艾勒亚斯，农民和仆人则站着凝视着昂首挺立的被绑住的青年。 拉希勒和玛丽亚站在他后面，都很害怕，人们严厉的目光折磨着她俩的心。 但是，对一个见到真理并追随真理的女人来说，害怕算什么呢？ 对一个听到爱的召唤然后苏醒的少女的心来说，那严厉的目光又有什么用呢？

此时，谢赫·阿巴斯朝青年望去，用犹如海涛翻滚的声音问道：

"你这人叫什么名字？"

青年回答：

"我叫赫里勒。"

谢赫又问：

"你的家里人是谁？你是哪儿的人？"

赫里勒扭脸望着正以憎恨和愤怒的目光注视自己的农民，说道：

"穷苦的、可怜的、受欺压的人们是我的亲人，这个辽阔的国家是我的家乡。"

谢赫·阿巴斯嘲讽地微笑了。过了一会儿，他又说：

"正是同你有血统关系的人们要求惩罚你，被你称为祖国的国家不同意让你成为它的国民。"

赫里勒激动地说：

"处于蒙昧状态中的各个民族抓住自己最高尚的子女，把他交给不义的暴君；受屈辱的卑贱的国家压迫那些热爱它和忠实于它的人。一个善良的儿子会抛弃正在患病的母亲吗？仁慈的兄长会不认混沌的弟弟吗？

"这些今天把我绑到你这里来的可怜的人，正是昨天把脖子交给你的人；这些让我屈辱地站到你面前的人，正用心灵的种子播在你的田园里，正让身体里的血流在你的脚下；这不愿我成为它的居民的大地，正是开口吞掉暴君与贪婪者的大地。"

谢赫·阿巴斯大笑起来，似乎想用丑陋的笑声淹没青年的士气，不让它流入百姓的耳中。过了一会儿，谢赫说道：

"你这个厚颜无耻的青年人，你原来不是替修道院放牛的吗？你为什么丢下牛群，被赶出来了？你以为民众对撒谎者和不信教的人的同情胜过对虔诚的修士们吗？"

赫里勒回答说：

"我过去是个牧人，但不曾当过屠夫。过去我赶着牛去绿色的牧场和丰饶的草原，我从未赶着它们去无草的山丘；我让它们畅饮甘甜的泉水，让它们远离腐朽的塘水。晚间，我带它们回栏，从不把它们扔在谷地，成为狼或其他猛兽的猎物。

"我过去就是这样对待牲畜的。假如你像我一样对待现在站在

Khalil Gibran

我们周围的人的话，你就不会住在这巍峨的大宅邸里，而是放弃它，去消灭那些阴暗小房里的饥饿了。假如你怜悯上帝的子孙——忠实的子孙——就像我怜悯修道院里的牛一样，你现在就不会坐在这里的丝绸椅垫上，让他们任北风吹打而无衣御寒，像光秃秃的树干站在你面前了。"

谢赫·阿巴斯吃惊了，额角上渗出了汗珠，笑声变成了愤怒。但他克制住自己，在村民和仆从面前显出不屑一顾和毫不在乎的神态。他用手指着赫里勒说道：

"我们把你绑到这里来，不是听你胡言乱语的，你这个不信教的人。我们带你来这里，是为了审讯你这个邪恶的罪犯。你要知道，你现在站在这个村子的首领、艾敏·希哈比大公——愿上帝扶助他——意志的代表面前，站在你所背叛的神圣的教堂的代表扈利·艾勒亚斯面前。你替自己所受的控告辩护吧，或者跪下忏悔和向我们乞求怜悯，面对我们和嘲笑你的众人乞求怜悯吧；我们宽恕你，让你同过去一样在修道院放牛。"

青年平静地回答：

"罪犯是不受罪犯们审判的，邪恶的不信教者不会向犯错误者作自我辩护的。"

他说了这些话，转而面对拥挤在宽敞大厅里的众人，以洪亮的声音呼唤他们：

"兄弟们，是那个要你们服从和顺从、并作为你们田野的主人的人，把我捆绑着带到这里，在你们父辈和祖辈骸骨之上的宅邸里，当着你们的面审讯我。那个把他作为你们信念的、在你们教堂里作为神父的人来到这里，要给我定罪，帮助折磨我羞辱我。而你们从四面八方赶到这里，看着我痛苦不堪的样子，听到我呼救和乞求同情的声音。你们离开温暖的火堆旁边，看着你们的儿子和你们的兄弟被捆绑和受屈辱——你们赶来观看兀鹰利爪下痛苦挣扎的猎物。你们到这里看到不信教的罪犯面对法官们站着，我就是那个"罪犯"，就是那个被修道院驱逐的不信教的人，狂风把我带到你们的村庄。我就是那个"邪恶之人"，请听我的抗辩，你们不要做同情我的人，但要做公正的人。因为同情适用于虚弱的罪人，而公正则是无辜者所要求的。

"我挑选你们作为我的法官，因为人民的意志就是上帝的意志。请唤醒你们的心灵，好好地听我讲，然后再遵照良心所启示的对我做出宣判。有人告诉你们，我是个邪恶的不信教的人，但你们不知道我的罪行是什么；你们看见我像个凶恶的强盗被反剪双手，但还没听说我的罪错。因为在这个国家里，罪孽和错失的事实乃然被迷雾遮掩，而惩罚展现在人们眼前如黑夜中的闪电。

"我的罪过，男人们，那就是我对你们不幸的理解，对你们镣铐沉重的感受。女人们，我的错失，就是我对你们和从你们的怀里吮吸含有死神气息的乳汁的婴儿的同情。

"我是你们中间的一员，众人！我的父辈和祖辈就生活在耗尽你们力气的谷地，死在扭弯你们脖颈的牛轭下。我相信倾听你们痛苦心灵呼唤和看到你们被鞭打的胸膛的上帝，我相信使我和你们成为阳光下平等的兄弟的《新约》，我相信把我和你们从人类奴役中解放出来的教导，它让我们在没有镣铐的情况下，停留在上帝足迹踏过的大地上。

Khalil Gibran

"我过去在修道院是个放牛人，但我独自与无言的牲畜在寂静的旷野里，并非看不见你们在田野里被迫上演的令人心碎的悲剧，并非听不见从陋舍的底层传来的绝望的呼唤。我注视着，看见自己在修道院里，看见你们在田野里像一群绵羊跟着凶恶的狼走向狼窟。我到了半路，大声呼救，狼扑过来，用利齿咬我，然后又对我用计，把我赶到远处，使我的呼喊无法唤醒那群羊的灵魂；那群羊也就不能造反，而游散到四面八方，饿死在寂静的夜晚。

"我忍受着监禁、饥饿和干渴，这都是为了刻骨铭心的．我见到用鲜血书写在你们脸上的痛苦的现实。我遭到折磨、鞭打和嘲讽，因为我把你们暗自的叹息变成了在修道院内部滚滚而动的大声疾呼。不过，我从不害怕，我的心从未软弱过，因为你们的呼喊，痛苦的呼喊追随着我的心，更新着我的力量，使我觉得受压迫、受蔑视和死是值得的。

"现在，你们问自己的心灵：我们什么时候大声控诉，我们中的哪一个人敢于张嘴？我对你们说，你们的心灵每天都在控诉，你们的心脏每夜都在呼叫不平。但是，你们听不见自己心灵和心脏的呼声，因为患病者听不到胸中的临终时的咯咯声，而坐在他床边的人都听得见；被宰的飞鸟在不知不觉中，挣扎着舞动，而旁观者则看得清楚。

"白天的任何时候，你们的灵魂不诉冤地悲叹吗？当黎明到来时，生存的依恋呵斥你们，撕碎了你们眼睑上的困倦帐幔，把你们像奴隶一样赶向田野时，你们不哀叹吗？在日当中午时，你们想坐在荫凉处，躲开火辣辣的阳光似针刺的照射，却无法实现时，你们不哀叹吗？夜幕降临时，你们忍饥挨饿回到简陋的住处，只看到面包干和混浊的水时，你们不哀叹吗？在半夜，当劳累把你们抛向石床上，你们担忧地入睡，刚合上眼，就梦见谢赫的声音在耳际轰鸣时，你们不发出哀叹吗？在哪一个季节，你们的心不悲恸？在春季，大自然换上新装，你们出来观看时，身穿褴褛的服装，心不悲恸吗？在夏季，你们收获庄稼，把柴草搬上谷场，在黑心的主人的地窖里装满粮食时，你们得到的仅仅是霉麦和草料，心不悲恸吗？在秋季，你们采摘果实，榨葡萄，而你们得到的份额仅仅是些醋和橡子，心不悲恸吗？在冬季，寒冷的天气和呼啸的狂风把你们赶回家，你们坐在火堆边，烦躁不安，担心狂风暴雪时，心不悲恸吗？

"这就是你们的生活，贫苦的人们；这就是笼罩着你们灵魂的夜晚，悲惨的人们；这就是你们屈辱、悲苦的阴影，可怜的人们；这就是我所听到的发自你们心灵深处的持续的痛苦喊叫！从而我觉醒了，反叛了修道院，否认了依靠他们生活。我以你们的名义，独自站在那里控诉；以正义和你们病痛的名义控诉，他们便认为我是个邪恶的不信教者，把我从修道院里驱逐出去。我来是为了分担你们的痛苦，同你们一起生活，我的眼泪同你们的眼泪流在一起。你们把我捆住送到抢掠你们财富的敌人手中，你们的敌人靠着你们的钱财变富，凭你们劳动的果实填满自己的肚腹。

"你们中间的老人不是知道，你们耕种了土地，却不允许你们得到属于你们的粮食吗？谢赫·阿巴斯的父亲抢走了你们父辈的粮食，法律就写在剑刃上。 你们不是听说过修士们欺骗你们的祖父们，占有了他们的农场和葡萄园吗？宗教的经文就画在修士们的嘴唇上。你们不是知道宗教的代表和继承爵位的人联合欺骗和羞辱你们，吮吸你们心灵之血吗？你们中有哪个男人，面对地主，不被教堂神父硬逼着低下头？你们中有哪个女人，没受到过地主的呵斥和催促，以顺从教堂神父的意志？

"你们听说过，上帝对第一个人说：靠你额头的汗水，吃你的面包。 那为什么谢赫·阿巴斯吃的面包，靠的是你们额头上的汗水，喝的酒掺有你们的泪水呢？上帝给这个人以特权吗？上帝在这个人还在母亲怀抱时，就让他成为主人吗？还是上帝因无名的过错而迁怒你们，派你们作为奴隶去生活，去收割庄稼，只吃谷地的荆棘，你们盖起了高屋大宇，却住在简陋的草房之中？

"你们听说过，拿撒勒的耶稣对他的弟子说：无偿地索取，无偿地给予。 不要在你们的腰中拥有银子、金子和铜。 那么，是哪一条教义允许修士们收取金银出售他们的祈祷和咒语？

"你们在宁静的夜晚祈祷说：

"'主啊，给我们够一天的面包。

Khalil Gibran

"主已经赠给你们这块土地，以给你们足够的面包。 主给修道院院长们从你们手中抢走这些面包的权力了吗？你们诅咒犹大，因为他收取银币出卖了他的主人；那么，是什么使你们祝福那些在他们生活中每天出卖自己主人的人呢？不幸的犹大为他的错误后悔，遂上吊自杀；而这些人，摇头摆尾地行走，穿金带银，珠光宝气。

"你们知道，你们的孩子热爱那个拿撒勒人，你们怎么教育他们去顺从憎恨他、违背他的教导和他的法律的那些人呢？你们明白，基督的使者已经被杀或者被死刑处死，那就让圣灵生活在你们邪里吧。

你们知道神父和修士们杀死了你们的灵魂，以便他们享用你们的财富，并以你镣铐的声响为乐吗？可怜的人们，是什么诱惑你们生活在卑贱和屈辱的世界中？是什么让你们跪在建于你们父兄坟墓之上、用谎言和欺骗构成的可怕偶像前？你们以顺从保存并传给下一代的是什么样的宝藏？

"你们的心灵在神父的掌握中，你们的身体在统治者的利爪中，你们的心脏处在失望和悲哀的黑暗中。在生命中，哪一样东西，你们可以指着它说：'这是属于我们的！'软弱而屈服的人们，你们可知道，你们所畏惧、所树立的你们心中的最神圣的秘密的管理者——神父——是什么人吗？请听我说，我向你们阐述你们所感觉到而害怕展现出来的。

"他是叛徒，基督教徒给了他一本神圣的书，他把它作为猎取他们钱财的网；他是伪君子，信徒们授予他美丽的十字架，他却把它变成锋利的剑，高悬在他们的头上；他是暴君，弱者向他伸去脖颈，他却给他们拴上镣铐，戴上笼头，他一直到他们像陶器被打碎和化为灰烬才放手。

"他是凶恶的狼，钻进圈里，牧人以为它是绵羊，放心地睡下，当夜幕降临，它扑向羊羔，使它们一个又一个窒息而死。

"他是个老饕，尊重餐桌胜过祭坛；他是个贪财的人，追求金币直至精灵的洞穴，像沙漠吸干雨滴那样吸崇拜者的血；他是悭吝人，舍不得自己的呼吸，收存并不需要的东西。

"他是个骗子，从墙缝里钻进去，整座房子不坍塌，他不出来；他是个铁石心肠的强盗，从寡妇那里抢走钱币，连孤儿的一分钱也不放过。

"他是个怪物，有兀鹰的喙，老虎的爪子，鬣狗的牙齿，毒蛇的芯子。你们抓住他，扯碎他的衣服，拔掉他的胡须，想怎么对待他就怎么对待他；然后回过头来，在他的手掌上放上金币，他就原谅你们，友好地微笑，请你打他的脸颊，向他的脸唾唾沫，踩他的脖子；然后让他坐在你们的桌子边，他便忘记了发生的事，高兴起来，松开裤带，以便容下你们的食物和饮料。 你们咒骂他主人的名字，抛弃他的信条，讥笑他的信仰，然后送给他一罐酒或者一篮子水果，他就宽恕你们，在上帝和人们面前为你们辩护。

"他见到妇女便扭过脸去，并且竭力喊道：

"'离我远点，巴比伦的女儿。'

"然后，他又秘密地低声说：

"'结婚比欲火中烧好。'

"他看到青年男女迈入恋爱行列，便抬头望天，大声说：

"'假惺惺的样子，阳光下的一切都是虚假的。'

"然后，他独处一处，叹息道：

"'愿法律消亡，让使我远离生活欢乐和禁止我享受的传统消失……'

"他对人们引证道：

"'不要给别人定罪，以免自己被定罪。'

"但是他残酷地为讥笑他恶行的人定罪，在死神让他们远离生命之前，他就把他们的灵魂送往地狱。 他不时地望着天同他们谈话，而他的思绪仍在他们的口袋周围转悠。 他对他们说道：

"'孩子们，我的孩儿们！'

"可是丝毫没有父亲的感情，嘴唇也不对着婴儿微笑，从来不抱着孩子。 他对你们严肃地点着头说：

"'让我们鄙视甘俗，我们的业绩像雾气一般消失，我们的岁月如阴影消逝。'

"如果你们好好地望着他，就看见他抓住生命的尾部，附着于岁月，哀叹过去的流逝，害怕今天的迅捷，躲避明天的到来。

"他要求你们做好事，可他比你们要富有得多；假如你们答应他的要求，他便积极为你们祈福；在教堂里，他把穷人和需要救济的人托付给你们，而在他家的周围饥饿的人们在呼号，面向他伸出绝望者的手，他却视而不见，听而不闻……他出售他的祈祷，谁若不买，便成为不信上帝和上帝的先知的人，不能进入天堂享福。

"他就是使你们害怕的怪物，基督徒们！他就是吮吸你们鲜血的修士，穷苦的人！他用右手画十字，左手掐着你们的脖子。 他就是本为公仆却变成主人的主教，是你们列为圣徒的却变成魔鬼，是你们尊之为代表的却变为沉重的压迫。 他就是自你们的灵魂到达这个世界再返回永恒世界紧追不舍的影子。 他就是今晚来到这里给我定罪和要弃绝我的那个人，因为我的灵魂反叛了热爱你们、视你们为兄弟和为了你们被钉在十字架上的拿撒勒的耶稣的敌人们。"

被反剪的青年容光焕发，感觉到在听他讲话的人心中开始有了灵魂觉醒的涟漪，在注视他的人的脸上呈现了他讲话的影响。 他提高嗓门，补充道：

"兄弟们，你们听到过艾敏·希哈比大公树谢赫·阿巴斯为这个村庄的主宰。 你们也听说过国王任命大公管理这道山脉。 那么，你们听说或者见到过树立国王为这个国家的主的力量吗？你们见不到这个力量的具体形象，也听不到它的讲话，但你们感觉到它的存在，存在于你们的灵魂深处，你们在它面前膜拜、祈祷和恳求，你们呼唤道：

"'我们的在天之父啊。'

"是的，你们的在天之父树立了国王和大公，他是全能的。 不过，你们相信热爱你们、通过先知们教你们走真理之路的父亲，希望你们受欺凌和被抛弃吗？你们相信使云彩降雨、让种子长成庄稼、使花朵结果的上帝，希望你们忍饥挨饿、受到歧视，而他一个人独享欢乐吗？你们相信那启发你们爱妻、稚子和善邻的永恒灵魂会为你们树立一个欺压你们和奴役你们的暴君吗？你们相信那引导你们热爱生命之光的永恒规律会给你派遣死神的黑暗吗？你们相信大自然已在你们体内注入若干力量，就是使它们屈服于这些力量吗？

"你们不相信这些，如果你们相信这些，那就是否认了神的公正，不信照耀全体的真理之光。 那么，是什么促使你们帮助邪恶之人凌驾于你们的心灵之上？你们为什么要违拗上帝的意志？上帝让你们复活，在这个世界上自由自在，你们却变成反叛上帝法律的人！你们怎能抬眼向着上帝，呼唤他为天父，却又面对一个软弱的人低下脖颈，称他为我的主人？上帝的孩子怎能满意充当恶人的奴隶？耶稣不是称你们为兄弟吗？那谢赫·阿巴斯怎么叫你们为仆人？耶稣不是让你们在精神和权力上均获得自由了吗？那怎么大公把你们变成了残暴和腐败的奴隶？耶稣不是让你们抬头向天了吗？你们怎么又低头向地了呢？耶稣不是向你们的心里倾注了光明了吗？你们怎么又把它浸入了黑暗呢？

　　"上帝让你们的灵魂在这生活中复活，这生活如明晃晃的火炬，靠着知识越烧越旺，照亮了白昼黑夜的奥秘，显得更加绚丽多姿，你们怎么把它埋入灰中，使其灭绝？上帝给你们的心灵赠送了翅膀，以便它翱翔在爱情和自由的天空，你们为什么要剪掉翅膀，像昆虫一样在地上爬行？上帝在你们的心脏里播下了幸福的种子，你们怎么把种子挖出来，扔到石头上，让乌鸦啄食它，由大风刮走它呢？上帝让你们生养子女，让你们按照真理教育他们，让他们的心口充满本质之歌，让你们给他们留下生活的快乐以作为宝贵的遗产，你们怎么沉睡不醒，让他们死于世道之手，成为自己家乡的陌生人，面对太阳绝望哀叹？那人不是让自由的儿子成为奴隶的父亲吗？那人不是儿子向他要面包，他却给了块石头吗？你们不是见过田野的飞鸟训练雏鸟飞翔吗？那你们怎么教自己的孩子拖着手铐脚镣呢？你们不是见到谷地的花朵让太阳的热保护它们的种子吗？那又为什么把你们的儿童放进寒冷的黑夜中？"

　　赫里勒沉默了一会儿，好像他的思想与感情已经发展了，扩大了，他的言辞不再穿什么外衣了。他又低声说道：

　　"今天晚上，你们听我所说的话，就是修士们驱逐我的理由。你们心里感受到的波动的灵魂，正是使我反剪着站在这里的灵魂。如果你们田地的主人、你们教堂的神父向我扑来，杀掉我，我将幸福欣悦地死去；因为我向你们展示了真理，而暴君认为那是罪孽，但我完成了我的创造者和你们的创造者的意志。"

　　赫里勒在说话时，在他响亮的嗓音中有一种神奇的旋律，使注视着他的男人，如突然见到大蛇那样吃惊；使热泪盈眶的妇女，为那旋律的魅力震颤。

谢赫·阿巴斯和扈利·艾勒亚斯气得浑身发抖，如坐针毡。 他们俩都试图不让赫里勒讲话，但都失败了。 因为赫里勒凭借着如暴风般强烈、又如春风般柔韧的神的力量向全体讲话。

赫里勒讲完，向后稍稍退了一步，便同玛丽亚和拉希勒站在了一起。 此刻，深沉的寂静笼罩了大厅，似乎赫里勒的灵魂正在这宽敞的大厅里四处飞翔，使村民们的眼睛都朝向一个遥远的地方。 谢赫和神父头脑一片空白，说不出话，更拿不出主意，他们在令人惶悚不安的幻影前颤抖不已。

谢赫·阿巴斯站起来时，眉头紧皱，脸色蜡黄，以被窒息的声音叱责站在他周围的人。

"你们是怎么啦，狗东西们！你们的心都中了毒了吗？你们体内的生命都僵化了吗？你们就不能撕碎这个不信教的喋喋不休的家伙吗？这个魔鬼的灵魂缠住你们的灵魂了？他地狱的魔术套住了你们的胳膊，你们消灭不了他了吗？"

他说完这些话，抽出身边的剑，向青年扑过去，想结果这个被反剪着的青年。 人群中一个身强力壮的男人抢在前面，拦住谢赫，平静地说：

"收起你的剑来，我的主人，因为谁用剑，谁就会被剑所杀。"

谢赫·阿巴斯发抖了，剑从他手里掉了下来，他颤声嚷道：

"难道一个虚弱的仆人竟要阻拦他的主人和恩惠的管理者吗？"

那人回答道：

"一个忠诚的仆人是不会参与主人作奸犯科的。 这个青年说的都是事实，向这些听他讲话的人宣讲的都是真理。"

另外一个人走上前来，说道：

"这个孩子所说的没有一点是该受审判的，你们为什么要压迫他？"

一个女人，大着嗓门说道：

"他没有诽谤宗教，也没有亵渎上帝的名字，你们为什么要叫他不信教的人呢？"

此时，拉希勒鼓起勇气走上前去，说道：

"这个青年说出了我们的话，替我们鸣不平，谁要对他下手，谁就是我们的敌人。"

谢赫·阿巴斯咬牙切齿地说：

"你也造反了，你这个堕落的寡妇？你忘了五年前，你丈夫因为造反得了什么下场吗？"

拉希勒听了这话，呜咽起来，悲痛地哆嗦着，好像得知一项重大秘密一样。她转向众人，竭尽全力喊道：

"你们听到杀人凶手在生气的时候承认自己的罪行了吧？你们不记得我的丈夫是被杀之后在地里发现的，你们还找过凶手吗？你们没能找到，因为被他藏到这堵墙的后面了。你们不记得我的丈夫是个勇敢的人吗？你们没听说过他说谢赫·阿巴斯的丑事，并且宣布他反对谢赫·阿巴斯的暴政吗？

"上天有眼，让你们看见杀害你们邻居和兄弟的凶手，让他站在你们的面前。你们看看他，读读写在他那张黄脸上的罪孽，看看他躲躲闪闪害怕的样子。你们瞧，他用手挡住脸，不让你们看见。你们看哪，这个强有力的主人像芦苇秆一样瑟瑟发抖；你们看哪，这个不可一世的家伙在你们面前像一个犯了过错的奴隶。上帝突然间让你们看见你们所害怕的凶手的内心，向你们展现使我成为寡妇、丢下我的女儿成为孤儿的邪恶的心。"

当拉希勒大声述说，字字句句如闪电一般砸向谢赫·阿巴斯的头上，男人们的嘈杂声和妇女的尖叫声如火苗烧向谢赫的头脑时，神父用手扶着谢赫的胳膊，让他坐下，然后哆嗦着招呼仆人：

"你们去抓住这个诬陷你们主人的女人，把她同不信教的青年人押进黑屋子。谁要是阻挡你们，那就是他俩的同伙，就同他俩一样不得进入神圣的教堂。"

仆人们站在原地，没有动静，没有人理会神父的命令；他们呆呆地站着，凝视着反剪着的赫里勒和一左一右站在他身边的玛丽亚和拉希勒，她俩宛如一对翅膀，张开后，他就能在云端飞翔。

神父气得胡子抖动，说道：

"你们难道要否定你们主人的恩惠吗？你们这些野蛮人！你们不承认他的德行，为了那个不信教、犯了罪的青年人和一个撒谎、堕落的女人，你们竟拒绝主人？"

仆人中最年长的回答道：

"我们服侍谢赫·阿巴斯换得面包租得住处，但我们从来不是他的奴隶。"

他说完，便脱下长袍和头巾，并扔到谢赫·阿巴斯面前，接着说：

"我不愿我的身体再使用这卑鄙的衣服，也不愿让我的心灵在一个吸血鬼的家里受煎熬。"

所有的仆人都照着那个仆人的样子脱下长袍，同众人站在一起。在他们的脸上洋溢着自由和解放的喜悦。

扈利·艾勒亚斯见这情景，感到他虚假的权势已摇摇欲坠了。他从谢赫家出来，诅咒着把赫里勒带到这个村子的时刻。

此时，人群中走出一个人，解开绑着赫里勒的绳索，望了瘫在椅子上的谢赫·阿巴斯一眼，谢赫已如一具僵尸。这个人满怀喜悦和坚毅地对谢赫说道：

"你把这个青年绑着带到这里来，想以犯有大罪的名义审讯他，他却照亮了我们大家的心灵，让我们看到了真理和知识的坦途。被你称为堕落和撒谎的女人，向我们阐明了一个被蒙蔽达五年之久的重大秘密。我们迅速赶到这个大宅邸，是因为一个无辜者面临死亡和正义的人受到迫害。

"现在，我们的眼睛睁开了，上天让我们看见了你的可怕的罪行和你残酷的暴政。我们要离开你，不给你定罪，不理睬你，不抱怨你，我们要离你远远的，要让上天按照它的意志对付你。"

宽敞的大厅里男男女女喊声高昂。有的说：

"来呀，让我们从这个充满罪恶和过错的地方出去，回自己家去。"

有的说：

"你们上这边来，我们跟着这个青年去拉希勒家，听听他讲的圣灵的智慧和他甜蜜的话。"

有的说：

"让我们照赫旦勒的意思办，他最了解我们的要求，最清楚我们的需要。"

有的说：

"假如我们要正义和公平，我们明天就去艾敏大公那里，把谢赫·阿巴斯的罪行告诉他，要求大公惩罚他。"

有的说：

"我们请求大公的怜悯，希望他任命赫里勒为他在这村子的代表。"

有的说：

"我们应该上主教那里控告扈利·艾勒亚斯，因为他参与了谢赫所有的事。"

这些声音此起彼伏，像锋利的箭矢落进谢赫激烈跳动的胸口。赫里勒抬起手，示意大家安静，然后对他们说：

"你们听着，请好好考虑，弟兄们，不要草率从事。我要求你们，以爱我的名义，不去大公那里，他不会在谢赫的问题上给你们公道，因为猛兽不会互相咬啮。请你们也不要向主教控告神父，因为主教知道你们的反抗会毁了你们的家。你们也不要向大公要求任命我为这个村子的代表，因为忠诚的仆人不希望成为邪恶的主人的帮凶。如果我值得你们热爱和同情，那就让我同你们一起生活，同你们共享生活的欢乐，共担生活的忧愁；和你们一起在田里劳作，一起在家里休息——因为我假如不曾是你们中的一员，那便是作恶多端者的同伙。

"现在，我已把利斧放到了树根上，你们来呀，让谢赫·阿巴斯到上帝宝座前的法庭上去受审判吧，上帝的阳光既照着无辜清白的人，也照着那些作奸犯科者。"

他说完，便向外走去，众人跟着他，似乎他拥有一种力量，无论他到哪里，都吸引着人们追随着他。 谢赫如坍塌的塔独立待在那里，像一个战败的统帅痛苦不堪。

众人来到教堂的广场，月亮已挂在天边，将其银色的光芒倾泻到大地上。 赫里勒回头一望，只见男男女女都如羊群望着牧人似的望着自己，心里猛地一动，仿佛在这些可怜的村民身上，呈现受欺凌的人民的象征。 他望着的那些简陋的、屋顶上积雪融融的房屋，它们正是屈辱卑微的国家的象征。

赫里勒如先知一般，站在那里，听到几代人的呼唤。 他的脸色突变，睁大了眼睛，宛如见到所有的东方民族都带着镣铐行走在那些谷地中。 他举手朝天，以波涛翻滚的声音，大声说道：

"我从心底里呼唤你，自由啊，请听我们讲。 在这黑暗里的四面八方，我们向你伸出手，请看着我们。 在这冰天雪地里，我们向你跪拜，请怜悯我们。 在你威严的宝座前，我们肃立，展开染有我们父辈的鲜血的衣服，沾上含有他们遗骸的坟土，携带曾刺进他们胸膛的宝剑，高举插入他们身体的长矛，抽去捆绑他们的锁链，高呼被他喊哑嗓门的口号，发出他们内心郁结的号叫，按照他们内心迸发的痛苦的祈祷。 请倾听，自由啊，请听我们讲。

"从尼罗河的源头到幼发拉底河的出海口，心灵的呼唤正一阵高似一阵地向你拥去；从阿拉伯半岛的四面八方到黎巴嫩的海边，被死神刺穿的发抖的手向你伸出；从海湾的岸边到广袤的沙漠边缘，闪现着心灵悲伤的眼睛仰望着你。 请你转向我们，自由啊，望着我们吧。

"从坐落在穷困、屈辱阴影之中的草房的四角，被拍打的胸膛向着你；从掩映在蒙昧、愚钝的黑暗中的住宅内，心灵向你展现；从被虐待、压迫的家庭里，灵魂向你哀诉。 请看看我，自由啊，怜悯我们吧。

"在学校和办公室，沮丧的青春同你低语；在教堂和清真寺里，被遗弃的圣书得到你的钟爱；在法院和集会上，遭忽视的法律求你相助。 请你怜悯，自由啊，拯救我们吧。

"在我们狭窄的路上，商人出售自己的白昼，将卖得的钱给西方强盗，没有人给他忠告。 在我们荒芜的田野里，农民用手指耕作土地，播下心灵的种子，灌溉下他的泪水，收获的仅仅是荆棘，没有人教育他。 在我们不毛的平地上，赤裸着的饥饿的游牧人在行走，没有人同情他。 请说吧，自由，请拯救我们。

"从一开始，夜晚的黑暗笼罩了我们的灵魂，黎明何时来临？我们的身体从监狱移往监狱，各个时代嘲笑地经过我们，我们背负着各代的讽刺到何时？我们的脖颈带的铁链越来越沉重，地球上的各个民族从远处嘲笑地望着我们，对于这种嘲笑，我们要忍耐到何时？我们的脚镣阻止我们行走，脚镣没损坏，我们未死去，我们将活到何时？

"从埃及人的奴隶主义到巴比伦的俘虏，从波斯人的残暴到古希腊人的侍奉，从罗马人的专制到蒙古人的暴政，直至欧洲人的贪欲，我们现在到了什么地步，什么时候我们将到我们的终点？

115

"从法老王的匕首到那波赫纳索尔①的利爪，从亚历山大的尖刺到希罗杜②的剑，从尼罗③的尖爪到魔鬼的利齿，我们现在去哪个人的手中，什么时候落到死神手里，享受寂静的安宁？

"靠着我们的力量，他们立起了教堂和庙宇的支柱，以巩固地位；用我们的背搬运泥土和石块，他们建起了围墙和高塔，以增强信心；靠我们的体力，他们建起了金字塔，以让他们的美名永存。 我们建造了宫殿和楼宇，却住在草房陋室的状况要继续到什么时候？我们装满仓库和储藏室，自己却只食用蒜和韭菜的状况要继续到何时？我们缫丝和织布，却衣不遮体的局面要延续到何时？

"他们用卑鄙的奸计，分裂了一批又一批人，使人们分崩离析，

Khalil Gibran

---

① 那波赫纳索尔（前605—前562），巴比伦国王。

② 希罗杜为《旧约》中各国国王的统称。

③ 尼罗（37—68），罗马暴君。

让一个部落疏远一个部落。 我们像面对飓风的灰烬四处飞舞、如饥饿的小狮挨近腐尸那样彼此争斗的状况继续到何时？

"他们为了保持自己的王座和心情的安宁，武装了德鲁兹人同阿拉伯人厮杀，鼓动十叶派同逊尼派抗争，煽动库尔德人去屠杀游牧民族，鼓动穆斯林抗衡基督徒。 这种兄长杀害胞弟的状况要延续到何时？这种在情人墓旁邻居恐吓邻居的状况要延续到何时？在上帝的眼前，十字架远离新月的状况要延续到何时？

"请听我说，自由啊，请听我们说。 请转过脸来，大地上居民的母亲啊，请看着我们，我们不是你姐妹的儿女。 说吧，用我们之中一人的舌头，星星之火，可以点燃干柴。 请用你翅膀的扑扇声，唤醒我们中一个人的灵魂；请从一朵云彩中，迸发出闪电，照亮谷地和山顶；请以你的坚毅，吹散这些乌云，如霹雳自天而降吧，像弩炮摧毁在骷髅之上建起的镶有进贡黄金和沾满血泪的宝座吧。

"请听我们说，自由啊！请怜悯我们，雅典的女儿！救救我们，罗马的姐妹！解放我们，摩西的女友！请急救我们，穆罕默德的妻子！请教教我们，耶稣的新娘！请鼓舞我们，让我们活下去，或者增加我们敌人的力量，让我们去死、去享福。"

赫里勒对天倾诉，农民们的眼睛都盯住他。 他们的感情随着他的声调倾流，他们的心灵随他的呼吸飞翔，他们的胸膛随他的脉搏起伏，宛如在那一刻，他在他们之中已变成灵魂之于躯体的地位。 他讲完后，转脸对着他们，从容地说道：

"今晚，我们聚集在谢赫·阿巴斯的家中，好像见到白昼的光明，暴政让我们面对寒冷的天空站定，让我们彼此理解，像永恒精神的保护下的鸡雏。 现在，我们每个人都回家睡觉，期待着早晨与自己的兄弟相遇。"

他说完这些，便随着拉希勒和玛丽亚去她俩的房子。 众人此时也散开，每人都思索着所见所闻，回到自己家里。 他们每个人都感到新生活正在内心里蠕动。

不多久，各家的油灯熄灭了，整个村子笼罩在一派寂静之中。

梦幻带着农民们的灵魂飞翔，撇下谢赫·阿巴斯的灵魂同夜间幻影彻夜为朋。他不断地发抖，在梦魇的利齿中受着折磨。

8

过了两个月，赫里勒灵魂的意愿已倾注到这些村民的心中，他每天都向他们讲述他们的权利和义务，描绘贪婪的修士们的生活，叙说残暴的统治者的情况，从而使他同他们在感情上建立起如永恒规律密不可分的强有力的联系。

村民们欣喜地——如久旱的田地遇透雨那样——倾听赫里勒的讲话，在空闲时，重复他那些长篇大论。他们根本不理睬扈利·艾勒亚斯，自从他的同伙谢赫·阿巴斯的罪行昭然之后，他一直讨好村民，像是坚硬的大理石变成蜡一般，竭力变软以贴近他们。

谢赫·阿巴斯宛如患了疯病，心理很不正常。在家里，他像被关起来的老虎走来走去，声嘶力竭地呼唤仆人，除了高墙的回声，无人应答；他召人来救自己，除了他可怜的妻子，没人前来。他的妻子也同农民们一样，饱受他的坏脾气的折磨，一直受到他的欺压。

当斋戒期到来后，天空中送来了春天的气息。随着狂风暴雨的结束，谢赫的日子也到了尽头。在可怕的痛苦不堪的挣扎后，他死了。他的灵魂乘着自己所作所为的飞毯，赤身裸体地站在我们感觉到但却见不到的宝座前。农民们对他的死因有各种说法。有的人说，他感觉错乱，发疯死了。有人说，绝望毒害了他的生活，当他失去权势，便自杀了。村里的女人去安慰他的妻子，回家后告诉各自的丈夫说，谢赫是被吓死的。因为塞姆昂·拉米的幽灵总是穿着血衣出现在谢赫面前，每当半夜，总是强制地把他押往五年前被杀死的现场。

四月的日子里，那个村庄的居民公开了赫里勒和拉希勒女儿玛丽亚的灵魂中隐藏着的神奇的爱情意愿。大家神采飞扬，欢喜雀跃。他们不再害怕将他们唤醒、走向更为广阔和更为高尚的世界的青年会离去。 他们奔走相告，说他将成为他们每个人的近邻、可爱的女婿。

收获季节时，农民们去田野，将谷物搬上打谷场。 谢赫·阿巴斯不在那里了，也不会抢走他们的粮食，装到他的仓库和地下室里了。 现在每个农民自己耕作、播种，自己收获，在农舍里装满了小麦、玉米、葡萄酒和油。

赫里勒与他们同劳动，共享受，帮助他们收割庄稼、搬运葡萄和采摘果子。 他在他们中间，感受到他们的友爱。

自那一年到我们今天，这个村里的每个农民都喜气洋洋地收获自己劳动的果实，欢欣鼓舞地采摘自己付出艰辛的果园的果子。 土地归耕者所有，收获归劳作者所有。

那个事件已经过去半个世纪了，苏醒挑逗着黎巴嫩人的眼睑。旅行者沿着那条路去雪杉林，站在那里欣赏着如坐在谷地上的新娘般的村子的美景：旅行者看见草房变成被肥沃的土地和郁郁葱葱的花园环绕着的美丽的宅院。 假如有人问起谢赫·阿巴斯的历史，村民们会指着倒塌的石堆和坍塌的围墙说道：

"这是谢赫·阿巴斯的宅邸。 这就是他生活的历史。"

若有人问起赫里勒，村民会抬手向天，说道：

"我们的有德行的赫里勒住在那里。 他的历史是我们的父兄用光写在我们的心坎上的，白昼和黑夜都不会将其抹去……"

1911

关偁译

被折断的翅膀

前　言

　　当我十八岁时，爱情以其神奇的光芒打开了我的眼睛，第一次以其火热的手指抚摸了我的心灵。萨勒玛·凯拉迈是第一个以她的美德唤醒我的灵魂的女人，她带我走向神圣感情的乐园——那里的白昼如梦幻般地过去，黑夜似婚礼般地消逝。

　　萨勒玛·凯拉迈以她的美教育我崇拜美，以她的慈善让我看见了爱情的神秘。是她为我吟唱精神生活之歌的第一句。

　　有哪个少年不记得那第一个少女——她以柔情带来的巨大的点悟力替换了他青春的瞬间，她以甜美折磨人，她以可爱刺激人。我们之中有谁不因思念这奇异的时刻感到满意——突然见到自己的整体已经变化，内心深处扩大、舒展，因隐匿的苦痛而享受有滋有味的激动并深入其中，而且为此流泪、思念和失眠。

　　每个青年都会有在生命的春季突然出现的萨勒玛，使他的孤独具有诗一般的含义，使他白昼的寂寞转变为慰藉，夜晚的静谧转变为乐章。

　　当我听到爱情用萨勒玛的嘴对着我心灵的耳朵低语时，我便在大自然的影响和经典著作的启迪之间犹豫彷徨；当我见到萨勒玛屹立在我面前、像光柱一般时，我的生活就更显得空虚、贫乏和寒冷，如亚当独在乐园里那般毫无生气。萨勒玛·凯拉迈是这颗充满秘密和奇异感觉的心的夏娃，她使我理解这个世界的本质，让我停下，像一面立在这些幻影面前的镜子。夏娃以自己的意志和亚当的服从，把他带出了伊甸园；而萨勒玛·凯拉迈则靠她的甜美和我的倾倒，把我引进了爱情和纯洁的乐园。但是亚当的下场也落到我的身上。从伊甸园把亚当赶出来的火红的剑，正是以剑刃的寒光使我恐惧、不等我违抗训令和品尝善恶果的滋味就强迫我远离爱情乐园的剑。

迄今，践踏那些日子的暴虐的年代过去了，在那美好的梦境中，给我留下的只是令人痛苦的回忆，像看不见的翅膀在我头顶上飞翔，在我心中激起悲痛的叹息，从我的眼睛里挤出绝望和懊悔的泪水……

萨勒玛——美丽甜蜜的萨勒玛已经走向蓝色天际，她在这个世界上留下的，只是我心中的痛苦，屹立在柏树荫里的大理石坟茔。 那座坟茔和这颗心，就是世界上仅有的可以述说萨勒玛·凯拉迈的。不过，守护坟茔的宁静不会泄露被神灵掩藏在棺材黑暗里受保护的秘密，吮吸肉体成分的树枝，不会以自己的沙沙声揭开属于自己的宝藏。 而心脏的疼痛在述说，同黑墨水一起渗出，向光明宣示代表爱情、美和死亡的悲剧的幻影。

喂，散居在贝鲁特的我青春的朋友们，假如你们经过松树林附近的那个墓地，就请进去，慢慢地行走，以免你们的脚步声吵扰了湿土底下的长眠者的遗骸；请在萨勒玛的坟前肃立，请替我向拥抱她遗体的土壤致敬，并在心中叹息时提到我——那经历各种灾难后漂洋过海的青年，把理想埋在这里，他的希望破灭了，他的欢乐不见了，他的泪水渗干了，他的微笑消失了。 在这静谧的墓地，他的悲哀同翠柏和垂柳一同长大。 在这座坟的上方，他的灵魂每晚都带着往昔亲密地飞翔，对孤独的幽灵述说着忧郁和悲伤的创口，向树枝恸哭着昔日在生命的唇间发生动人旋律的姑娘——今天，她已变成了大地胸中的无声的秘密。

童年的伙伴们，我以你们心爱过的女人发誓，请你们把花环敬献在我心爱的女人墓前。 你们敬献在被人遗忘的坟茔上的鲜花，宛如拂晓眼帘倾流出来的、落在凋谢的玫瑰花瓣上的露珠。

无声的悲哀

122

　　人们啊，你们欣喜地回忆着青春的初期，期待青春再现，叹息它的逝去。 而我，我也在回忆，却似获得自由的奴隶回想起监狱的高墙和镣铐的沉重那么哀伤。

　　你们，将童年到青年这段岁月称为黄金时期；而处在这个时期的人，不把世道的艰难和忧愁放在心上，像蜜蜂掠过毒瘴弥漫的沼泽，走向百花争艳的花园那样，飞越一切艰难和忧愁。 而我，只能把我的青春岁月称为无声的神秘的痛苦时代。 痛苦占据了我的心房，如暴风在我的心间疯跑，而且暴风越刮越厉害，找不到离开那里走向理性世界的出口。 直到有一天，爱情闯入我的心房，打开心扉，我的心才豁然明亮。 爱情解放了我的舌头，打开了我的眼帘，打通了我的喉咙，我叹息并诉苦。

　　人们啊，你们想起曾在那里玩耍和发出纯情低语的田野、花园、广场和街巷，我也想起黎巴嫩北部那多娇的江山。 当我闭上眼睛，便见到那充满魅力的庄严的谷地，那崇山峻岭便出现在眼前；当我捂上耳朵以挡住那社会的嘈杂，那潺潺流水和树枝的沙沙声便响在我耳边。 不过，我现在思想着的、我像婴儿贪恋母亲怀抱那样念念不忘的多娇美景，也在折磨着童年被黑暗所禁锢的灵魂。 我恰似笼中之鸟，看着在广阔的天空中翱翔的兀鹰，受着煎熬；它使我愁绪满怀，痛苦难忍，用不知所措的手指，在心房四周编起一层沮丧、绝望的帐幔。 我一到旷野，总是忧心忡忡地返回，却弄不清是什么缘由。 傍晚，我刚望到夕阳下的晚霞，便意志消沉，郁郁寡欢，却搞不懂因为什么；我一听到，呴鸟鸣啭或溪流欢唱，便悲哀地站住，还是不知什么道理。

　　他们说：愚钝是空虚的摇篮，空虚是安逸的卧榻。 也许，这对于生如死，活着像土地上冰冷的僵尸的人来说是正确的。 但是，伴随着苏醒的感情的盲目的愚钝比深渊更残酷，比死亡更苦涩。 那种感觉良多、知之甚少的敏感青年，是阳光下最可悲的人。 因为他的心灵一直处于两种抵触的巨大力量之间：一种是神秘的力量，将其带至云端，在梦幻中观看世间的绚丽景色；另一种是明显的力量，把他禁锢在地球上，用尘埃遮挡他的视线，把他抛入漆黑的深渊之中，使他失去知觉。

悲哀长有丝绸般光滑柔软的手，神经健全，俘虏人的心灵，使其感受孤寂。 孤寂是悲哀的盟友，同时是一切精神活动的挚友。 处于孤寂和悲哀之中的青年的心，宛如初绽的白色百合花，在微风吹拂下战栗，在晨曦中敞开心扉，随着夜幕徐降又合上花瓣。 倘若青年没有娱乐，没有气味相投的友伴，生活犹如狭窄的监狱，只有蜘蛛结网，虫蚁蠕动。

伴随我少年时期的悲哀，并非由于我需要娱乐，因为，那时可消遣的方式很多；也不是因为我缺少朋友，因为，那时我无论走到哪里，都有朋友相随。 这悲哀来自我的残缺的天性。 我素喜孤单，不爱嬉戏和玩耍，青年的翅膀已从肩上脱落，使我面对世界时，恰似山间湖泊，以令人忧郁的平静，映出幻象、彩云和树木；这湖泊没有出水口，也就没有欢唱着奔向大海的溪流。

我在十八岁之前的生活就是这样，那正是我处于巅峰的年月。它使我驻足观望这世界的趋势，不尽的人流及他们向往的草原、奋斗的坎坷、律法和传统的洞穴。

在那年月，我获得了新生。 人若不是因悲哀而孕，在痛苦中诞生，被爱情置于梦幻的摇篮中，那么他的生活就酷似宇宙之书中一张无字的白纸。

在那岁月，我见到天使王透过一位美女的眼帘注视着我；在那岁月，我见到地狱恶魔在一个罪人的心中喧嚣奔突。 谁未从生活的美好和丑恶中见到天使和恶魔，那他的心便将永远远离知识，永远缺乏感情。

命运之手

在我充满怪事的青春时期，我正在贝鲁特。 四月使城里花园百花盛开，草木葱茏，恰似大地向上天宣告的各种秘密。 杏树和苹果树披上沁着馥郁的白色服装，出现在各家庭院，宛如身着白净裙裾的仙女，被大自然派遣，给诗歌和幻想的儿子们做新娘，当老婆。

任何地方的春天都是美丽的，但在叙利亚，它要比美丽更美……春天是不知名的神之魂，在大地飞快地穿梭。 当它到叙利亚之后，便不断回头，慢慢地行走，同遨游在天空中的国王和先知们的灵魂亲近，同犹太溪流共吟不朽的所罗门乐曲，同黎巴嫩雪杉反复回忆古代的荣耀。

贝鲁特的春天比其余几个季节都美，因为没有冬季的泥泞，夏季的尘埃，介乎冬雨和夏热之间，如同窈窕淑女，用池水洗涤，再坐在岸边，靠日光晒干身体。

在这充满甜情蜜意和令人精神焕发的微笑的四月气息的日子里，有一天我去拜访一位朋友，他住在远离城市喧嚣的一处宅邸里。 当我们在谈话中勾画着我们理想和愿望的线条时，一个年约六十多岁的老者走进来。 他朴实无华的服装和满是皱纹的脸庞透着严肃和沉着，显得很庄重。 我起立致敬，当我刚要同他握手时，我的朋友抢在前面，说道：

"这位先生是法里斯·艾凡提·凯拉迈。"

我的朋友随后说了不少恭维我的话。 老者注视了我一小会儿，摸摸高额角和如霜白发，似乎在追索一个失落的古老事物的形象。随后，他高兴而仁慈地笑了起来，走近我说道：

"你是我一个要好的老朋友的儿子，我同你父亲一起度过了青春时期。 见到你，我是多么高兴啊，我多么想见见你的父亲啊！"

我受到他话的感染，感到一种神奇的引力将我拽向他那里，宛如暴风雨之前，小鸟本能地飞返鸟巢。 我们坐定后，老者向我们讲述了他同我父亲的情谊，回忆起以往的岁月，特别是他们一起度过的青春时期。 这些岁月被隐藏在心中和坟茔里⋯⋯

　　如同异乡人渴望回归故里，老年人总爱回忆青年时期；如同诗人最愿吟诵自己最得意的诗句，老年人喜欢絮叨青年时的故事。 他们靠着精神生活在过去的角落中，因为现在经过他们时，总不回头。在他们眼中，未来带有消逝的迷雾和坟墓的黑暗。

　　谈话和回忆了一个小时，树荫落到了草地上。 法里斯·凯拉迈站起来要走，我便上前同他告别。 他右手握着我的手，左手放在我肩上，说道：

　　"我有二十年没见到你父亲了，我愿意以你经常的来访弥补我同他长久的分离。"

　　我点头致谢，应允作为子女应该完成对于父执的责任。

　　法里斯·凯拉迈出去后，我向朋友打听他的情况。 我的朋友有些拘谨，小心翼翼地说：

　　"我在贝鲁特认识这个人，财富使他成为有德行的人；而美德又使他成为富人。 他是少数几个来到这个世上，不等心灵受到损害便又离开这个世界的人之一。 但是这些人大多是时运不佳和受欺凌的，因为他们对避开别人的狡诈和卑鄙的技巧一无所知⋯⋯同法里斯·凯拉迈一起住在郊外一所大房子里的是他的独女，在品德上同他如出一辙，没有哪个女人像她那么温柔和美丽。 她也时运不佳，因为父亲的巨额财富使她濒临漆黑和恐怖的深渊的边缘。"

　　我的朋友说完最后几个字，脸上显出了忧伤和悲哀的神色。 他接着又说：

　　"法里斯·凯拉迈是个心地高尚、性格豪爽的老人，但他缺乏主见，优柔寡断，人们的伪善蒙住了他的双眼，他们的贪婪弄得他哑口无言。 而他的女儿，尽管灵魂里蕴藏着巨大的力量和才华，不得不屈从于他软弱的天性。 这是父女生活中被隐匿的秘密。 有一个生性

Khalil Gibran

贪婪、虚伪、卑劣和狡猾的人得知了这个秘密,他就是穆特朗。 他以《圣经》的名义,干了许多丑事,而在人们看来,就像是许多好事。 在宗教和教派的国度里,他是宗教头领,灵魂和肉体都惧怕他,如同家畜在屠夫面前俯首一样,人们向他顶礼膜拜。

"因为穆特朗,他的侄子的内心犹如毒蛇和蝎子在洞穴和沼泽里滚动一样,诡计和坏水在翻腾。 这一天并不遥远了:穆特朗身着黑衣,让自己的侄子站在右边,让法里斯·凯拉迈的女儿站在左边,然后抬起举着婚礼花冠的罪恶之手,用占卦和咒文把纯净的躯体变成恶臭的尸首,在腐朽律法的掌握下,把天启的灵魂同土壤汇聚在一起,把白昼的心灵放入夜晚的胸膛。

"这些就是我能告诉你的有关法里斯·凯拉迈和他女儿的全部情况,现在你不能问我更多的了,因为提到灾难,那就离它不远了,越是怕死,就越死得快。"

我的朋友扭过脸,望着窗外的天空,似乎在寻找以太原子中的日夜秘密。

此刻,我离开原地,握住他的手告别地说:

"明天,我去拜访法里斯·凯拉迈,以履行我对他的诺言,同时对于他回顾同我父亲友谊表示敬意。"

我的青年朋友对我这番话感到吃惊,脸色突变,好像我那几句普通的话给他启示,引起了他的新的想法。 他奇怪又长久地望了我一眼,那一眼充满了爱恋、怜悯和恐惧,那是先知见到灵魂所未见的灵魂深处的一眼。 随后,他嘴唇颤动了几下,但什么也没说。 我撇下他朝门口走去,思绪纷繁,我扭过脸,发现他仍以那种奇特的目光追寻着我。 我不明白那目光的含义,以致我的精神脱离了度量衡的世界,飞向天国——人们以目光达到心灵的理解,灵魂因相互理解而成长。

在殿堂门前

　　几天后，我对孤独感到厌烦，我的眼睛因注视愁眉不展的书籍封面而觉得疲倦，便乘车造访法里斯·凯拉迈。 当我来到松树林时，那里有一群人围着一名车夫，他正将两匹马牵着离开公路，沿着柳树成荫的小道小跑起来。 路旁景色很美，绿草茵茵，四月的鲜花争艳，有的似红宝石，有的像祖母绿，有的如黄金。

　　不一会儿，车子停在坐落在一座大花园中的独立宅邸前。 花园中树木葱茏，空气中散发着玫瑰、茉莉和素馨花的馥郁。

　　我刚在花园里走了几步路，法里斯·凯拉迈便出现在门口，他走出来迎接我。 大概是马匹的嘶鸣向他宣告了我的到来。 他亲热地欢迎我，把我领进室内。 他像一个渴望着的父亲那样，让我挨着他坐下，详细地了解我的过去，探询我对未来的打算。 我以充满希望和憧憬的口吻回答，那些尚未抵达实干、奋斗和斗争之岸，仍在幻想的波涛中随波逐流的青年都这样……青春有着诗歌羽毛和幻想骨架的翅膀，带着青年人飞向天外，看到五彩云霞，绚丽美艳，生命正在吟诵荣耀。 但是诗歌的翅膀不久便被考验的风暴粉碎了，青年人也就落到了实在的世界上；现实的世界是一面奇怪的镜子，人见到的是被缩小和丑化了的自己。

　　就在这时，门边天鹅绒帘间闪出一位少女。 她身着雪白柔软的绸衣，朝我款款走来。 我立刻站了起来。 老人站起身说：

　　"这是我女儿萨勒玛。"

　　他在介绍我时，说道：

　　"这就是那个我久未晤面的老朋友的儿子。 见到了他的孩子，过去的事又历历在目。 我现在虽未见到他，也像是见到他了。"

　　少女走上前，凝视着我的眼睛，似乎想让我的眼睛说出我的实际

127

Khalil Gibran

情况，让她知道我来此的原因。 随后，她用又白又嫩、散溢着田间鸢尾花香的手握住我的手。 在触及到她的手的一刹那，我有一种新奇的感觉，是诗的灵感刚刚出现在作家的脑海中时的那种感受。

我们都默默地坐下。 少女把一种崇高的精神带到了这间屋子里，增添了寂然和肃穆的气氛。 她像是感到了这一点，便转向我，微笑地说：

"我父亲常对我说起你父亲，不断地回忆他俩青年时的故事。假如你父亲把这些事讲给你听的话。 那我们就不会在这里头一次见面了。"

老人为女儿的话高兴起来，他眉开眼笑地说道：

"萨勒玛是向往和信仰女神，能看见在精神世界漫游的一切东西。"

法里斯·凯拉迈就这样全神贯注和极为亲切地同我交谈起来，仿佛发现我身上有一种神秘之力，使得他扇动起回忆之翅，追寻逝去的岁月。

老人仔细地打量着我，想找到他青春时期的影子，我则端详着他，憧憬着我的未来。 他注视我，宛如一棵枝叶繁茂的参天大树，遮住了富有沉睡的决心和盲目生命力的小树———棵根深蒂固的老树，经历了生命的夏季和冬季，屹立在时间的风暴前，而柔嫩的小树刚刚得见春季，在晨风吹拂中飘摇。

萨勒玛一会儿默默地望着我，一会儿又望着她父亲，似乎正从我们俩的面庞上阅读生命戏剧的第一幕和最后一幕。

这一天就在花园和苗圃的喘息中过去了。 太阳向这所住宅前的高耸的山顶飞去金黄的一吻，然后离去了。 法里斯·凯拉迈向我讲述他的情况，使我大惑不解；我向他当面吟唱我的青春之歌，使他大为欣喜。 萨勒玛靠窗坐着，悲哀地看着我们，一动也不动地听着我们的谈话，不插一句话。 她仿佛知道美是一种超越各种声音和小曲——由唇舌发出的声音和小曲——的天上的语言，是包含人类全部旋律的永恒的语言。 这种语言把人类的旋律变为无声的感觉，正像平静的湖泊将溪流的欢唱吸入自己的底部，使它成为永久的沉寂。美是一种奥秘，我们的灵魂理解它，并靠它的影响成长；而我们的思维则惶惶然地面对着它，试图确定它，用言词使它具体化，但做不到。 美是肉眼看不到的一种潜流，是理想的真实。 真正的美是从心灵圣殿中最神圣部分发出的光，照亮了身体外部，如同生命来自原子深层，鲜花被赋予颜色和芳香。 真正的美是男人和女人之间在一瞬间完成的相互完全理解。 在那一瞬间，这超越一切的爱慕诞生了——我们称之为爱情的精神转折。

那么，我的灵魂在那天黄昏理解了萨勒玛的灵魂。 相互理解使我认为她是阳光下最美的女人呢，还是我们沉湎于不切实际的幻想之中的青春陶醉？是青春热血蒙蔽了我的双眼，我便幻想起萨勒玛的双眸中的光芒、小嘴的甜蜜和身材的袅娜呢，还是爱情的欢愉和忧愁把那光芒、甜蜜和袅娜展现在我眼前呢？ 我不知道，但是我明白自己感受到一种此前未曾感受过的感情，在我心房周围是世纪初开之前灵魂展翅欲飞的一种全新的感情。 我的幸福和厄运均由这种感情而生，一如靠着以太的精神，万物出现并强大起来。

这第一次把我同萨勒玛结合在一起的时刻过去了。 上天就是这样想的，在一刹那之间把我从张皇失措和新奇的崇拜中解放了出来，让我自由自在地行进在爱的行列里。 爱是这个世界上唯一的自由，因为它将精神提高到人间律法和人类传统无法企及的崇高地位，大自然的各种规律均不涉及到它。

当我站起身要离开时，法里斯·凯拉迈走近我，以忠诚的语调对我说：

"现在，你已经认识到这个家的路了，你应该放心地来，就像到你父亲家一样。 你还应该把我和萨勒玛看作是你的父亲和妹妹，是不是这样？"

萨勒玛肯定地点点头，然后瞥了我一眼，是迷路的陌生人发现了熟人的一眼。

法里斯·凯拉迈对我说的这番话，是使我同他女儿驻足于爱的宝座前的第一节乐曲，是以号哭和哀悼为结束的神曲开端，是鼓舞我们两颗灵魂接近光明与火的那种力量，是我们饮用多福河水和苦汁的器皿。

　　我走出来，老人送我到花园边。 我同他父女俩告别，我的心怦怦地跳动，宛如焦渴的嘴唇刚挨上水杯沿时那样颤动。

白色火炬

四月过了。我访问法旦斯·凯拉迈家，见到萨勒玛。我在花园里面对她坐下，审视着她的美德。我很喜欢她的才华，倾听她无声的悲哀，感到无形而神秘的手将我拽向她。每拜访他们一次，我对她美丽的含义就增添了新的内容，对于她灵魂的奥秘就知道得更多。在我的眼里，她变成了一本书，我读着书中的字句，吟唱它的乐曲，但我无法抵达那尽头。

被上帝赋予心灵美的女人，总是相配以躯体美。她是我们用爱理解的、用纯洁触及的又明又暗的现实。当我们试图以言语形容它时，它却又隐藏于缭乱和混沌的迷雾之

萨勒玛是个身心皆美的姑娘，可对不认识她的人，我怎么形容她呢？难道坐在死神翅膀阴影下的人能召唤夜莺鸣啭、玫瑰低吟和溪水欢唱吗？身负镣铐的俘虏能赶上晨风的吹拂吗？但是，沉默不是比说话更为艰难吗？假如我不能用金线描画萨勒玛的真实面貌，词不达意的语言会阻止我去展现她的一个影子吗？行走在沙漠里的饥肠辘辘者，如果天上不降下赠品和食品的话，他不会拒绝面包干的。

萨勒玛身材袅娜，着上白色绸衣时，宛如月光从窗外泻进屋里。她的动作从容不迫，匀称有致，像"伊斯法罕"乐曲那样富有节奏。她的嗓音低沉甜美，常被叹息打断。鲜红的嘴唇间不紧不慢说出的话，像经过暴风的花瓣上的露珠。噢，天哪，谁能形容萨勒玛·凯拉迈的脸庞！用什么样的词汇才能描绘那张忧郁、平静和不是蒙上透明的黄色面纱的脸？用什么样的语言我们才能够说出那张在每一分钟都公布心灵的一个秘密，向注视她的人提起远离这个世界的精神世界的脸！

萨勒玛的美貌不能用人们衡量美的尺度来评价，而是如梦幻般奇

特，像思维那样崇高；不能确定，无法用画笔临摹，石匠手下的大理石也没法再现。 萨勒玛的美不在她的金发，而是环绕她的纯净的光环；不在她那双大眼睛里，而在眼睛里闪烁的光芒；不在她玫瑰色的双唇上，而是唇间流露的甘甜；不在她象牙般的颈项上，而在于它微向前倾的角度。 萨勒玛的美不在她体魄的完美，而在于她像熊熊燃烧于天地之间的白色火炬、灵魂的崇高。 萨勒玛的美是一种聪明才智，我们在天上的诗篇和不朽的乐章里见到过。 聪明而有才华的人，无论他们的精神如何崇高，总是泪眼涟涟，不胜悲哀。

萨勒玛多思寡语，但她的沉默是一种音乐，会把同坐的人带往遥远的梦幻舞台，让他倾听心脏的怦动，看见思想的幻影和眼前的感情。

至于萨勒玛的品格特点，则是深沉的抑郁。 那抑郁是她佩戴的精神绶带，增添了她体魄的俊美、庄重和奇妙，从她身体线条中显示心灵之光。 她的线条如繁花朵朵的树，云雾散去后，显得多姿多娇。 那种忧郁确立了我的灵魂同她的灵魂相通相似。 我们每个人都从对方的脸上看到了心中的感觉，听到对方胸中秘密的回声。 这仿佛是上帝把我们每一个人变成了对方的一半，用纯洁相连，从而变成了一个完全的人，一旦分离，便会感到精神上的剧痛。

痛苦而忧愁的心灵，从拥抱另一颗感觉相似的心灵中得到了慰藉；这犹如一个异乡人在陌生的国度里遇到了同胞一样。 被忧郁接近的心，欢乐和激动不能分开它们；心灵间悲哀的纽带比起欢愉快活的纽带更强有力。 被泪水洗涤的爱情将永远纯洁、美好和不朽。

暴　风

————

几天后，法里斯·凯拉迈邀请我到他家吃晚饭。 我带着一颗追求上天放置在萨勒玛面前的神圣的面包的饥饿之心走约。 那神圣的精神食粮是我们以肺腑之口吞咽的，它更增加了我们的饥饿感。 那神奇的食粮是阿拉伯的盖斯、意大利的但丁和希腊的萨福尝过的，他们因此五脏似火，心灵熔化。 那食粮是以亲吻的甜蜜与泪水的苦涩和的面，为苏醒和敏感的心灵准备的一餐，以其滋味使心灵欢愉，以其影响使心灵痛苦。

当我到达他家时，见萨勒玛坐在花园一角的木椅上，头靠在一棵树上。 她身着白衣，宛如守护那个地方的一位新娘。 我一言不发地走近她，随即挨着她，像拜火教徒肃立在圣火面前那样坐下。 当我试图说话时，却张口结舌说不出，我便保持沉默。 那无尽的深沉的感觉若以有限的词句表现时，便失去了任何特性。 不过，我觉得静谧中的萨勒玛听着我内心连续的低语，看着我眼睛里颤抖心灵的幻影。

不一会儿，法里斯·凯拉迈走到花园里，边走边像往常一样向我伸出手表示欢迎，仿佛以此祝福将我和她女儿灵魂相连的神奇的奥秘。 随后，他说道：

"来吧，我的孩子，吃饭去。 食物正等着我们。"

我们站起身，跟着他。 萨勒玛的眼神中透出温柔和同情，似乎"我的孩子"这个字眼唤醒了她内心的新的甜蜜的感觉，伴随着对我的爱，如同母亲怀抱自己的婴儿那样。

我们围桌而坐，边吃边喝，边交谈。 在那间屋子里，我们品尝各种美味食品和各种陈酿，我们的精神都沉湎于远离我们这个世界的未知世界之中，憧憬着未来，准备迎接恐惧。 三个人各想各的心事，各自按着不同的目的考虑着生活，友情和爱使我们欢聚一处。三个纯洁的弱者感觉良多，知之甚少。 这就是固定在心灵舞台上的悲剧。 可尊敬的高尚的老人爱自己的女儿，只关心她的幸福。 这位少女年方二十，见未来又远又近；她向往未来，了解其欢愉和苦难。 这青年富有理想，尚未品尝生活佳酿和辛酸，扇动双翅遨游在爱情和良知的天空中，但他却因软弱而不能振作奋起。

三个人围桌而坐，坐在独立于城市之外的宅院花园里。 此刻那里夜幕垂降。 笼罩在寂静之中。 三个人边吃边喝，在内心深处，命运遮掩了艰辛和荆棘。

我们刚刚吃完，一位女仆进来对法里斯·凯拉迈说道：

"门口有一个男人要见您，我的主人。"

老人问她：

"这个男人是谁?"

女仆答道：

"我猜他是穆特朗的仆人，我的主人。"

老人一言不发，像先知仰望上天以探索秘密般凝视着女儿的眼睛，然后转脸对女仆说：

"让他进来吧。"

女仆顺来路回去。 不久一个身着绣边衣服，长着八字胡须的男人出现了。 他低头致意，对法里斯·凯拉迈说道：

"穆特朗先生派我乘他的专车来，要求你去他那里，他将同你谈一件重要的事情。"

老人站起身，脸色变了，面孔上的笑容掩饰了思索和猜测。 他随后靠近我，温和而甜蜜地说：

"我希望我回来时还能在这里见到你。 萨勒玛会款待你，用谈话驱赶夜晚的寂寞，以她的心声去除孤独的影响。"

他转向女儿，笑容可掬地说：

"是不是这样，女儿?"

少女垂下了头，两颊绯红，她以银铃般的声音回答道：

“我会尽心尽力使我们的客人高兴的，父亲。”

老人在穆特朗仆人的陪伴下出去了。萨勒玛一直透过窗户望着路上，直至马车消失在漆黑的夜幕中。车轮的吱吱声因离得越来越远而逐渐消失，马蹄声也被寂静吞噬了。她坐在蒙着绿绸的椅子上，她活似绿茵地上的鸢尾花迎着晨风。

天意如此，我单独同萨勒玛呆在掩映在树丛中的独立小院里。那里万籁俱寂，爱情、纯洁和美的影子在各处行走。

我们局促不安地一言不发，等待对方先开口。不过，说话能让相爱的灵魂互相理解吗？那各种声响、喉舌发出的句子能使心灵和理智彼此接近吗？难道就没有一样东西比口舌所产生的更高尚、比喉咙震动更纯洁吗？将我们同自身分隔的不正是寂静吗？我们飞翔在无尽的灵魂天空里，接近天国，感觉到我们的身体不会超越窄小的牢狱，这个世界并不比遥远的流放地优越，难道不是这样吗？

萨勒玛注视着我，眼神透露了她内心的秘密。她神秘而从容不迫地说：

“来，我们去花园，坐在树丛间，观赏月亮，它正从山后升上来呢。”

我顺从地站起身，阻拦道：

“我们待在这里不是更好吗，萨勒玛？让我们等月亮照亮花园再去吧。现在树木黑黝黝的，什么也看不见。”

她回答道：

“黑暗能遮挡树木花草，但挡不住爱情和心灵。”

她说这话时的口气很怪，随后便望着别处。她注视着窗户，我则默默地思考着她的话，想着它的涵义，描画着真实的意思。不久，她回头，端详着我，似乎后悔说了刚才的话，想以视线的魔力从我耳际收回那句话的影响。但视线的魔力没有收回那句话，只是使它深入我的内心，变得更加清晰，影响更烈。那句话同我的心连在一起，同我的感情一起搏动，直至生命的末期。

在这个世界上，一切都是伟大而美丽的，它产生于人体内部的一

种思想或一种感觉。 我们今天所见到的历代业绩在其出现之前，都是男人的智力中的隐秘的思想，或者女人心中的奇妙的感情……使血液像小溪般流动，使自由像神一样受崇拜的巨大的搏动本是生活在成千上万个人中的一个男人脑海间颤动的幻想；毁灭许多王座、荡平许多王朝的惨烈的战争正是一个男人头脑中晃动的主意；改变人类进程的崇高教导正是一个才智独特超群的男人心中诗的倾向。 一种思想树建了金字塔，一个感情毁灭了一座城市，一个主意确立了伊斯兰的荣耀，一句话焚毁了亚历山大图书馆。

一个念头把你带进寂静的夜，领着你走向光荣或者走向疯狂。一个女人的一瞥让你成为最幸福的男人，或者变成最凄惨的男人。一个男人嘴里发出的一句话，把你由穷变成富人，或者由富变为穷人……萨勒玛·凯拉迈在这平静的夜晚说出的一句话，使我停留在自己的过去与未来之间，犹如一艘停在汹涌波涛和重重天际之间的航船。 一句含义深邃的话使我从新奇和空虚的陶醉中清醒，携带着我的岁月沿着一条新路走向生命和死亡所在的爱情舞台。

我们去了花园，走在树林间，感到和风以其神秘的手指拂弄我们的面颊和在我们脚下摇曳的花草。 当我们走到榕树下，默默地坐在木椅上，听着沉睡的大自然的呼吸，以喘息的甘甜揭示我们俩心中的秘密时，上帝正透过蔚蓝色的天际注视着我们。

月亮此刻从云彩后升起，照亮了山坡和河岸，谷地周围的村庄如同突然冒出来一样清晰可见。 整个黎巴嫩如一个枕着胳膊的青年躺在柔和的帐幔下，展现在银光中，一览无余。

在西方诗人看来，黎巴嫩是一块梦幻之地，像因亚当和夏娃的堕落而天国消失一样，随着大卫、所罗门和众多先知的离去，真正的黎巴嫩消失了。 它只是诗中的单词，而不是一座山名：是象征心灵一种感情、描绘散发着香气的雪杉林的思想的一个词，是描绘洋溢着显赫荣耀的多座铜塔或石塔的一个词，是描绘攀山下沟的牧群的一个词。

在那一晚，我看黎巴嫩似清醒时分的理想，似诗歌般的幻想。

由于我们感情的变化，在我们的眼里，许多东西亦随之改变了。 当魅力和美在我们心中时，我们就以其想象着各种事物。

萨勒玛转脸对着我，月光正照在她的脸庞、颈项和手腕上。 她恰似由崇拜者为美德和爱情之主阿史特鲁特雕刻的象牙像，她说道：

"你为什么不说话？为什么不同我谈谈你过去的生活？"

我注视着她明亮的双眸，如哑巴突然说话那样回答道：

"自我们到了这里以后，难道你没听见我对你说的话吗？难道你没听见我在我们到这花园后对你所说的一切吗？你的心灵在听鲜花的低语、静谧的歌唱，就能听到我灵魂的呼唤和心灵的喧嚣。"

她用手蒙着脸，断断续续地说道：

"我听见你了……是的，我听见你说的了。 我听见发自夜间内部的大叫声，白昼心脏发出的巨大的喧嚣声。"

我忘记自己生活的过云，忘记自己的本质，忘记了一切，我只知道萨勒玛，只感觉到她的存在，便迅速地说道：

"我也听见你了，萨勒玛，我听见以太原子为之波动的动人肺腑的宏大乐曲，大地根基因其颤抖而抖动的伟大乐曲。"

萨勒玛闭上眼睑，鲜红的嘴唇绽出令人悲哀的微笑，然后低声说道：

"我现在明白有一种东西比天更高，比海更深，比生命、死亡和时光更强。 我现在知道了过去所不知道、也不曾梦想过的事物了。"

自那一刻起，萨勒玛·凯拉迈成了我最亲密的朋友、最亲近的妹妹、最可爱的爱人。 她变为一种崇高的思想，追随着我的智力，变为与我的心灵为伍的仁慈的感情，变为伴随我的心的美好理想。

那些人是多么蠢啊！他们竟然以为爱情是靠着长久的相处和不断的交往才产生的。 实际上，真正的爱情是精神的相互理解的产物，假如这种相互理解不能在一瞬间完成，那么一年、一个时代也不会完成。

萨勒玛扬起头，遥望天边，那里天地相接。 过了片刻，她说道：

"昨天，你对于我，一如兄长。我可以放心地接近你，有父亲在场，我也可以坐在你身边。而现在，我觉得有一种东西比兄妹之情更强大和更甜蜜。我有一种不同于其他感情的奇怪的感情：强有力的、可怕的、饶有兴味的，使我内心充满了忧郁和欢欣。"

我回答道：

"这种使我们恐惧、当它经过我们内心时我们为之发抖的感情，不正是使月亮绕地球转，地球绕太阳转，太阳系绕上帝转的总的规律的一部分吗？"

她的手搁在我的头顶上，手指插进我的头发里。她容光焕发，泪珠晶莹，犹如露珠在草叶上。不久，她说道：

"有哪一个人相信我们的故事？有谁会相信：在太阳落山和月亮升起的这段时间里，我们跨越了障碍，迈过了怀疑和信任的渡口？有谁会相信第一次把我们相聚的四月是让我们驻足于生命最神圣之处的月份？"

她说这番话时，手仍搁在我低垂的头上。在那一刻，若要我挑选的话，我宁要这抚弄我头发的光滑如绸的手，也不要国王的王位和桂冠。我随后回答说：

"人们不会相信我们的故事，因为他们不知道爱情是唯一不需四季相助而成长壮大的花朵。不过，是四月第一次让我们相聚吗？它是让我们驻足于生命最神圣之处的那个时刻吗？上帝在让我们成为白昼黑夜的俘虏之前，没有让我们两个灵魂相聚？萨勒玛，人的生命并不自子宫开始，同样地，它也不是在坟墓前结束。这充满月光和星光的广袤的天空不乏爱情相拥的灵魂和依靠相互理解联结的心灵。"

萨勒玛抬起放在我头上的手，留下了似电烫过的波纹，在晚风吹拂下，头发更显得潇洒。她那只手握住我的手掌，我像崇拜者亲吻祭坛那样，把她的手放在我火热的嘴唇上，我久久地深沉地吻着，一言不发。她手掌的温度足以熔化人的心中一切感觉，它的甜美提示在神圣的心灵中的所有纯洁。

我们度过的每一分钟都如爱恋一年。 我们沉浸在静寂之中，沐浴在月光下，周围是树木花草。 在这种境界里，人除了爱的实际外，忘乎一切。 正在此时，马蹄和车轮声迅捷地传来，我们从陶醉中苏醒。 清醒把我们从理想世界拉回到这令人困惑不解的苦难世界上。 我们知道父亲从穆特朗的府邸回来了，我们走过去等候着。 马车到达花园入口处，法里斯·凯拉迈走下马车，低垂着头，步履缓慢地朝我们走来，好像背负重物，累得快走不动一样。 当他靠近萨勒玛时，双手搭在她肩上，久久凝视着她的脸，似乎怕她的样子从自己的眼睛里消失。 不久，他眼睛湿润，泪水扑簌，嘴角露出苦笑。 他声音嘶哑地说：

　　"不久以后，萨勒玛，不久以后你就要离开你父亲的怀抱，投入另外一个人的怀抱了。 不久，上帝的法律要把你从这个家带到广阔的世界。 这个花园等待你的脚踏，你的父亲成为你的陌生人。 命运已经作出决定，萨勒玛，上帝祝福你，保佑你！"

　　萨勒玛听了这句话，容颜突变，眉头紧皱。 她像是见到死神正站在眼前。 随即，她呜咽起来，像被猎人击中的小鸟挣扎着，倒在地上，痛苦地发抖。 她断断续续地大喊道：

　　"你说什么？ 是什么意思？ 你要把我送到什么地方去？"

　　她望着他，仿佛想以目光揭开他心中的隐秘。 过了沉重的一分钟，在这静静的一分钟里，人们似乎听到坟墓里的大声呐喊。 她悲叹道：

　　"我现在懂了……我什么都明白了……穆特朗已经为这个被折断了翅膀的小鸟做好了囚笼。 这是你的意思吗？ 父亲？"

　　父亲喘着粗气，没有回答她。 随后，他让她进屋，满脸是仁慈疼爱的光芒。 我留在树丛间，慌乱戏弄着我的感情；与此同时，风吹拂着秋叶。 过了一会儿，我也进了屋。 为了不显示我对别人隐私的好奇心，我握住老人的手告别。 我像一颗星对着太空闪烁那样，迅捷地瞥了萨勒玛一眼，乘他们不知不觉，走了出来。

　　我刚走到花园围墙，就听见老人的呼喊。 我刚转过身，突然见他追上了我。 我便迎上前，抓住他的手。 他声音颤抖地说：

"原谅我吧，我的孩子，我让你今晚同泪水作伴了。 但是，你还要常上我这里来，不是吗？ 当这个地方只剩下悲哀的风烛残年时，你不来看我吗？ 早晨不会同傍晚相遇，风华正茂不会亲近凋谢的晚年。 你会到我这里来吗？ 让我回忆同你父亲相伴的青年时期，让我再听听生活的消息，可以吗？ 当萨勒玛走后，我孑然一身住在远离其他人的这座孤零零的宅院，你不来看看我吗？"

最后这句话，他停了好几次，声音很小。 我握住他的手，默默地晃了晃。 他潸然流下的滚烫的泪珠落到了我的手背上。 我的心颤动了，我觉得他变得十分亲近，又苦又甜的滋味油然而生。 我内心激动，思潮翻滚，话到嘴边，又咽回肚里。 我昂起头，见到他热泪如流，引得我也热泪盈眶。 我略略低垂下头，用颤抖的双唇吻了他的额角。 他扭过脸，向着屋门，说道：

"晚安……晚安，我的孩子。"

一颗泪珠在老人满是皱纹的面颊上闪光，这给所有流过泪的青年的心灵，留下极为强烈的震撼。

青年滚滚而来的泪水，是从满溢的心四周流出的；而老人的泪是从眼球中渗出的生命的残余，是虚弱身体中残存的生命力。 青春之泪如玫瑰花瓣上的露珠，而老人面颊上的泪水如被狂风扫荡的秋天黄叶，因为他进入了生命之冬。

法里斯·凯拉迈消失在门后。 我走出花园，萨勒玛的声音仍在我耳际翻滚。 她的倩影如幻象总在我眼前，她父亲的泪水慢慢地在我手背上蒸发了。 我如亚当走出伊甸园那样走出那个地方。 但是，这颗心中的夏娃却不在心的旁边，这整个世界也不是乐园……我走着，感觉到我重生的这一夜是我第一次见到死神面孔的一夜。

太阳以其热量使田园生机勃勃，使其死气沉沉。

火之湖

    人在黑夜里秘密干的一切，就在白昼将其公开出来；我们嘴唇在寂静中低声说出的话，不知不觉地变成了大众的谈话；我们今天企图将其隐藏在屋角的，明天就会公之于街头巷尾。

    这样，黑暗幽灵宣布穆特朗·保尔斯·加里布同法里斯·凯拉迈会晤的目的，以太的原子就带着他的话走遍了城里各个街区，终于传进我的耳际。

    穆特朗·保尔斯·加里布在这月光明亮的夜晚会见法里斯·凯拉迈，并没有同他商量穷苦人或残疾人的事务，也没有高谈孤儿寡母的事项，而是用豪华专车替他侄子曼苏尔·贝克·加里布向萨勒玛求婚。

    法里斯·凯拉迈是个富人，他的继承人只有女儿萨勒玛。穆特朗为侄儿挑选她为新娘，既不是因为她的美貌，也不是因为她崇高的品格，而是因为她富有，她的巨额财富足够确保曼苏尔·贝克的前程，她的范围广泛的地产足够确立他从普通人到贵族的崇高地位。

    东方的宗教首领不满足于他们自己获得的荣耀和权势，而且尽力使他们的亲朋位列人民前茅，对人民实行独裁，榨取人民的钱财。王公的荣耀在他死后传继给长子。而宗教头领的荣耀则如传染一样，在他在位时，就转移到兄弟和侄儿那里。就这样，基督教大主教和穆斯林教长以及婆罗门的僧侣，如同有许多触角和很多吸盘的海蛇那样俘获猎物，吮吸鲜血。

    当穆特朗·保尔斯向萨勒玛父亲提出迎娶她时，这位老人只得以沉默和热泪作答。有哪个父亲不为女儿的离别——即使她去邻居家或王宫——感到难舍？当大自然的规律将一个人的女儿——他将她作为孩童哄逗、将其教育、直至陪伴她成人——同他分别时，谁能不感到心颤呢？双亲出嫁女儿的痛苦与儿子娶媳妇的欢乐相伴，因为这个家庭得到了一个新成员，而另一个家庭失去了一个亲切的老成员。

老人被迫答应穆特朗的要求，屈服于他的意志，而在内心是拒绝的。老人过去会晤过穆特朗的侄子曼苏尔·贝克，也听到人们对此人的议论，知道他粗鲁、贪婪、品格低下。但是，在叙利亚，有哪一个基督徒能违抗教皇而不在信徒间遭清算呢？在东方，有谁敢不顺从宗教头领而能在人们之中受尊敬呢？眼睛迎着箭矢，能不眨一下？徒手迎剑，能不受伤？假如这位老人违拗穆特朗·保尔斯的意思，对抗他的贪欲，那么他女儿的名声能不受猜疑，她的名字能不受玷污吗？人言可畏啊。

命运就这样抓住了萨勒玛·凯拉迈，把她带进了悲惨的东方妇女行列中，成为一名卑贱的女奴。就这样，那颗崇高的灵魂因各种罗网而坠落。那颗灵魂第一次凭借白色的爱情之翅翱翔蓝天，那里月亮灿灿，芬芳扑鼻。

在大多数国家里，父辈的钱财是子女的苦难，由父亲的活力和母亲的精细充满的大宝库，变成了继承者心灵中黑暗窄小的牢狱。人们以金币形状崇拜的伟大的神，变成了折磨心灵、毁灭精神的可怖的魔鬼。萨勒玛·凯拉迈像许多女子一样，成为父亲财富和新郎愿望的牺牲品。假如法里斯·凯拉迈不是一位富翁，那今天萨勒玛仍同我们一样欣悦地生活在阳光下。

过去了一个星期，萨勒玛的爱情仍伴随着我，在我耳际吟唱着幸福之歌，在黎明时唤醒我，让我看到生活的意义和本质的奥秘。崇高的爱不懂忌妒，因为它富有；不刺蜇身体，因为他在灵魂之中。强烈的爱恋满足了心灵，深沉的饥饿使心灵知足。感情孕育着思念，但不刺激它。心灵的折磨让我看到的大地是乐园，生命是美梦。早晨，我走在田间，看到大自然的苏醒中存在着永恒的象征。我坐在海边，听着波涛吟唱永久的歌曲。我蹀步在城里的大街上，行人如织，人们忙忙碌碌，正代表着生活的美好和生命的欢愉。

那些日子如幻影逝去，如云雾消散，留给我的只有痛苦的回忆。

眼睛，我原来用以欣赏春天的绚丽和田野的苏醒，只能凝视风雨狂暴和冬季的悲哀凄凉；耳朵，我原来用以倾听波涛之歌，只能听见深谷呻吟和深渊呼号；心灵，它原来面对人类活动肃立，只感到穷困的苦难和低下者的凄惨。 爱情的岁月多么甜美！爱情的梦想多么醉人！悲哀的夜晚多么苦涩，悲哀的幻影多么恐惧！

那个周末，我的心园感情之酒而迷醉。 我便在晚间去萨勒玛·凯拉迈家。 那是由美建立的殿堂，爱情使之神圣，让心灵在其中顶礼膜拜。 到了老人的家时，我走进静寂的花园，感到有一种力量在吸引我，让我脱离这个世界，慢慢接近没有争斗的厮杀的世界。仿佛一个修行者，上天把也带往梦幻舞台，我走在伸手不见五指的林间和茂密的花枝中。 我走近屋门，猛一回首，突然看见萨勒玛坐在那棵榕树下的木椅子上，一周前，在上帝挑选的那个夜晚，我们并肩坐在那里，我的幸福和苦难均始于斯。 我便默默地向她走去，她似乎在我未到之前就已知道我要去，一言不发。 我坐在她身旁，她凝视我的双眸，长叹了一声，又眺望遥远的地平线，那里正是白天将尽，夜幕初垂。

那时，我们的心灵被包裹在神奇的寂静之中，我们进入了看不见的灵魂行列。 萨勒玛扭过脸对着我，发颤的冰凉的手抓住我的手。她的声音像饥饿者发出的呼号，她说：

"望着我的脸，朋友，好好地望着它，看得久一些。 你看了它，就明白我要对你说的话了……望着我的脸，亲爱的……仔细地看看，我的兄弟。"

我便注视着她的脸，久久地注视着。 我看见前几天还绽露微笑、如虻鸟翅膀般忽闪的眼帘凹陷了，显得无精打采、因痛苦的幻影而变黑了；我看见昨天还象鸢尾花一样因太阳的亲吻而白里透红的脸庞变黄了，憔悴了，戴上了愤慨的面纱；我看见似鲜菊花流露出甘露的双唇变成秋天残存的两片花瓣；我看见昨天似象牙柱屹立的颈项向前低倾，好像再也无法承受头颅的重负。

我从萨勒玛的外表上看到这令人痛心的变化，全都看见了。 在

Khalil Gibran

1×3

我眼里，她就是薄云，辅佐月亮，更显出她的大方和庄重。显示内心的秘密的外表，无论那些秘密如何令人痛心，掩盖不了美和崇高；那些不说出内心隐衷的脸蛋，不论其线条如何匀称，不可能是漂亮的。

那天傍晚，萨勒玛·凯拉迈如一杯满溢的酒，酒分子同生活的苦涩和心灵的甜美掺合在一起。她在不知不觉中成为东方妇女生活的代表。东方妇女只有在把自己放在粗鄙的丈夫桎梏中时，才离开亲爱的父亲的家……她只有生活在残酷的婆婆的奴役之下时，才离开仁慈母亲的怀抱。

我一直端详着萨勒玛的脸庞，倾听她的呼吸，我默默无言，思索着，同她一起，同时也为她感到痛苦。我觉得时光停止行进，世界被遮盖住了，消失了。我除了一双盯着我内心的大眼睛以外，什么也看不见了；除了一双哆嗦冰凉的手抓住我的手以外，什么也感觉不到了。

我刚从这种恍惚中苏醒，就听见萨勒玛缓缓地说道：

"来吧，现在我们谈一谈，朋友。来吧，我们尝试描绘未来，别等未来用恐惧把我们带走。我父亲去了那个男人的家，那个男人将成为我进坟墓之前的伴侣。那个由上天选择来作为我存在的原因的男人，去了由大地遴选为我日后主宰的另一个男人那里。在这城市中心，伴随我的青年时期的老人正会见将陪伴我余生的那个青年。在今晚，父亲和未婚夫将就结婚日期达成协议，他们无论怎样推迟那一天，它都会到来。这一时刻多么奇特！这一时刻的影响多么强烈！

"在上星期的这个晚上，在这棵榕树下，爱情第一次搂抱了我的灵魂，命运则在穆特朗·保尔斯·加里布的寓所给我的未来故事写了第一句话。在这一时刻，我父亲和我的未婚夫正编织婚礼花环。我看见你坐在我身边，感觉到你的心灵如焦渴的小鸟绕着泉眼一样围着我飞，而那泉眼却被可怕的饥饿的狼守卫着。这一晚多么伟大！这一晚的秘密多么深沉！

"命运已化为漆黑的幽灵，正栖息在我们爱情的脖颈上，想把它杀死在襁褓之中。"

我说："这只小鸟将一直飞翔在泉眼上方，直至渴死，或者被可怕的饿狼抓住，撕碎，吞噬。"

她颇有感触，声音如银弦一般颤抖。 她说道：

"不，不，我的朋友。 让这只鸟活下去，让这只夜莺鸣啭到傍晚，直至春天结束，直至世界完结，直至世道终止。 别不让它说话，因为它的声音使我富有生气；别让它翅膀停止扑扇，因为翅膀的扑扇声会去掉我心灵上的云雾。"

我低声叹息道：

"干渴杀死了它，萨勒玛，恐惧杀死了它。"

她颤抖的双唇发出的声音又急又快。 她答道：

"灵魂的干渴比饮用物质更伟大，心灵的恐惧比身体的安宁更可爱……但是，你听着，亲爱的，你好好听我说。 我现在站在新生活的门口，我对它一无所知。 我像个瞎子。 摸着墙走，怕摔跤。 我是个女奴，父亲的钱财把我送到奴隶贩子聚集的广场，一个男人买下我。 我不爱这个男人，因为我根本不了解他。 你知道，爱情和不知不会相遇，但是，我将学着爱他。 我将顺从他，侍候他，使他幸福。我将把软弱的女人所能贡献给强壮的男人的一切献给他。 至于你，仍在生命的春天。 你前面的生活道路宽阔，布满鲜花香草。 你将带着熊熊燃烧的心脏去世界广场，自由地思考，自由自在地说话和行动。 你的名字将写在生活的脸庞上，因为你是个男子汉；你将作为主人生活着，因为你父亲穷困，便不会让你成为奴隶，他的钱财不会把你送到奴隶贩子聚居的广场，那里买卖女孩。 你将同你自己从许多少女中挑选的少女结婚，在让她住到你家之前，先让她住在你的心房里，和你一起思考，一起研究。"

她停下，以喘息片刻，然后叹气地说道：

"不过，生活之道就在这里把我们分开，带着你走向男人的尊贵，领着我去尽妇女的职责吗？ 美好的梦想就这样结束，甜蜜的现实就这样消散吗？ 喧闹就这样吞没鸵鸟的鸣啭，狂风就这样吹落玫瑰花

145

瓣，脚掌就这样践踏酒杯吗？在那个夜晚，让我们在这月色下站住是无理的，在这棵榕树下我们拥抱灵魂也是无理的吗？我们急急忙忙向着群星攀登，但翅膀疲倦，将我们坠入深渊了吗？爱情在梦中突然到来，待它醒后，竟愤怒地惩罚我们吗？我们的呼吸激起的夜风，变为妄图撕碎我们、将我们刮至谷底的狂风了吗？我们未曾违背嘱咐，不曾品尝禁果，怎么被赶出乐园呢？我们没有策划于密室，也没有犯上作乱，为什么却落入地狱！不，一千零一个不。 将我们结合的原子比起各个时代更伟大，照亮我们心灵的光芒比黑暗更强大。 愤怒的大海上的暴风雨将我们分开的话，那波涛会让我们在那平静的岸边会合；假如这生命杀死我们，那死神让我们复活。

"女人的心不随时光变迁，不随四季交替；女人的心长久地争斗，但不会死去。 女人的心似人们作为战争和屠宰场所的大地：人类将树木连根拔起，焚烧草木，用鲜血涂抹岩石，用骷髅和骨殖耕作土地；但是，大地平静如初，春天还是春天，秋天还是秋天，直至世道之末……

"现在，事情已结束了，我们怎么办？告诉我，我们怎么办，怎样分手，何时再见？我们把爱情当作一位怪客，他傍晚来访、拂晓告别吗？我们把这一周看作是陶醉一刻、很快就清醒的过去吗？

"抬起头来，让我看着你的眼睛，亲爱的。 张嘴说话，让我听见你的声音。 说吧，告诉我，同我谈谈，你在暴风雨淹没我的岁月之舟后，还记得我们俩在一起的时光吗？在夜晚，你还能听见我的翅膀的扑扇声？你还感觉到我在你脸和颈项上留下的气息吗？你在倾听我因痛苦而呻吟、因哽咽而低声叹息吗？你见到我的影子同黑暗一起来到，与晨雾同时消失吗？告诉我，亲爱的，告诉我，过去你是我眼中的光芒，耳朵里的乐曲，灵魂的翅膀，现在你是我的什么？"

我的心瓣都融在我的眼睛里了。 我答道：

"萨勒玛，你想让我成为什么，我就成为什么。"

她便说道：

"我要你爱我，直至我岁月的尽头；我要你爱我，就像诗人热爱自己令人悲哀的思想那样。我要你想着我，就像旅行者在喝池塘之水前，先看看自己的影子那样；我要你想着我，就像母亲怀念未见光明即夭折的胎儿。我要你惦记着我，就像仁慈的国王惦记不等赦免就死去的囚犯那样。我要你做我的兄长、朋友和伴侣；我要你去看望我孤独的父亲，安慰他的寂寞，因为不久我就要离开他，变成一个陌生人。"

我立即答应：

"我将做到这一切，萨勒玛。我将把自己的灵魂包裹在你的灵魂之外，我的心是你的美之屋，我的胸膛是你的忧愁之墓。我爱你，萨勒玛，如田野爱春天一样。我要为你而活着，如鲜花依靠着太阳的热能一样。我要吟唱你的名字，如山谷发出周围教堂钟声的回声一样。我要聆听你心灵的谈话，如海岸聆听波涛的故事一样……我会想着你，萨勒玛，如一个身处异国他乡的人思念可爱的祖国一样，如饥饿的穷人思念丰盛的菜肴一样，如被废黜的国王思念昔日的显赫和荣耀一样，如悲哀的俘虏思念自由和安逸的时光一样。我会惦记你，如农夫惦记麦穗的饱满和仓库里的粮食一样，如牧人惦记绿茵牧场和甜水一样。"

我说这些话时，萨勒玛望着夜空，不时发出悲叹。她的心跳加快，如大海波涛起伏。片刻后，她说：

"明天，现实变成幻想，清醒变成梦想。一个思恋者能满足于拥抱幻想吗？一个焦渴者能满足于梦想的溪流吗？"

我回答她说：

"明天，命运将把你带往那充满舒适和平静的家庭，把我带到需要奋斗和厮杀的世界广场。你去那男人家，他因你的美貌和心灵的纯洁而幸福；我去那岁月的埋伏地，岁月以其忧愁折磨我，以其幽灵吓唬我。你走向生活，我则走向斗争。你走向温存，我则走向孤寂。但是，我将在死神的阴影下，于谷地为爱情树起塑像，由我膜拜。我把爱情当作夜间交谈者，倾听它歌唱，把它作为醇酒畅饮，把它当作衣服穿戴。黎明时分，爱情把我从床榻上唤醒，当着我的

Khalil Gibran

147

面走向遥远的荒原；中午时分，爱情引导我走向树荫下，同躲避烈日的小鸟同在；傍晚时分，它让我面对西方站立，让我倾听大自然告别光明的乐曲，让我看着寂静的幻影在苍穹遨游；深夜时分，爱情拥抱我，我睡在梦乡，见到天上世界，那里是情人和诗人安居之处。 春季，我与爱情并肩散步，在山陵和低地间吟咏，追寻以紫罗兰和延命菊画出的生命轨迹，畅饮用水仙和晚香玉盛接的雨水；夏季，我在爱情的搀扶下，躺在镶有青草的麦秸堆上，同月亮和星宿彻夜长谈；秋季，我偕爱情同去葡萄园，坐在榨机旁，望着脱去黄装的树木，看着飞向海岸的群鸟；冬季，我同爱情围坐火炉，听着历代故事，重复各民族的消息。 在青春时期，爱情是我的教育者；在中年时期，爱情是我的帮助者；在老年时期，爱情是我的慰藉者。 爱情将一直同我在一起，萨勒玛，直至生命的结尾，直至死神来临，直至上帝之手把我同你相聚。"

心里的话从我内心深处迅速进出，如火苗飘动飞舞，然后逐渐消失在花园的各个角落。 萨勒玛在倾听，泪水夺眶而出，似乎眼眶是嘴，用泪水代替语言回答我。

那些没有得到爱情翅膀的人不能飞到云彩之后，去观看我的灵魂和萨勒玛的灵魂飞翔的神奇世界；在那世界里，在那一刻——因她的欢乐而痛苦，因她的痛苦而欢乐的一刻里飞翔。 那些未被爱情当作信徒的人，听不到爱情在说话，这个故事不是为他们写的。 他们即使理解那薄薄几页的内容，也不可能看见流动于字里行间的幽灵和幻影——它们不穿墨水的衣服，也不住纸做的房间。 但是，哪一个人不曾喝过爱情的佳酿呢？哪一颗心灵不曾在那光明的用心瓣铺路，以秘密、梦想和感情作天花板的圣殿中庄严肃立？哪一朵花没有在绿叶间得到一滴露珠？哪一条小溪曾迷路，不归大海？

此刻，萨勒玛抬起头望着缀满星星的天空，伸出手向前，睁大了眼睛，嘴唇发颤。 在她黄蜡蜡的面孔上，显示了一个受欺凌的女人心中全部怨气、愤怒和痛苦。 过了不久，她大声喊道：

"女人做了什么，惹得你生气，上帝啊！她犯下了什么过错，以至你的愤怒跟随她直至世道之末？她难道犯下了极其丑恶的罪行，因此你对她的惩罚达到了极致和没有尽头？主啊，你是强大的，而她是软弱的，你为什么要使她痛苦致死？你是伟大的，她匍匐在你宝座周围，你为什么要将她碾成粉末？你是狂风，她如你面前的尘埃，你为什么要把她扔进冰天雪地？你是强大的，她是绝望的，你为什么要同她战斗？你是全知的和明察的，她是迷路的盲人，你为什么要消灭她？你用爱创造了她，为什么又以爱的名义杀死她？你用右手把她抬举到你那里，又用左手将她推下深渊，而她茫然无措，不明白你为什么抬举她，怎么又推倒她？在她的口中，吐纳着生活的气息，在她的心灵里，播种着死神的种子。 你让她沿着幸福之路前进，然后你又派遣苦难作为骑士去捕获她。 你在她的咽喉中吟咏着欣悦的节奏，然后又以忧愁关闭了她的双唇，用悲哀拴住了她的舌头。 你以神秘的手指用欢乐约束她的痛苦，又以明显的手指在她欲望的周围画出痛苦的光轮。

"在她的床榻上，你隐藏了安逸与和平；在她床榻的旁边，却居住着恐惧和烦恼。 凭你的意愿，你复活了她的嗜好，由她的嗜好诞生了她的缺陷和错误；根据你的愿望，她对美德的热爱变成致命的饥饿；根据你的法律，她的灵魂同美丽的身体结合；根据你的判决，她用自己的躯体软弱和耻辱地去侍奉丈夫。 你用死神的杯盏为她斟饮生命，用生命的杯盏斟饮死亡。 你以她的泪水纯洁她，又以她的泪水融化了她。 你在她的腹中充满男人的面包，随后又用她的胸膛填满了男人的欲望。

"你呀你，主啊，你用爱使我睁开眼睛，又用爱弄瞎了我。 你用双唇亲吻了我，又用你强劲的手打了我。 你在我的心中种下了白玫瑰，而在这白玫瑰的周围却又长出荆棘和刺柴。 你把我的现在同一个我所爱的青年的灵魂紧连在一起，却又让我的现在同一个我所不了解的男人的身体紧连在一起。 你束缚了我的岁月，请帮助我，使我在这场殊死战斗中成为强者；请救护我，让我永远忠实和纯洁，一直到死……实现你的意愿吧，主啊，愿你的英名永存。"

　　萨勒玛不说话了，而她的容貌还在说。　随后，她低下头，垂下双臂，整个人都变矮小了，仿佛那些活生生的力量抛弃了她。　在我的眼中，她像被狂风刮断的树枝，被抛向深渊、变干、在时光的脚下四散。　我用滚热的手握住她冰凉的手，用眼睛和双唇亲吻她的指尖。　当我试图说些什么安慰她时，却发现自己比她更需要安慰和同情，便默不作声、不知所措地思考着，感觉到许多小物体在玩弄我的感情。　我倾听着、倾听内心的呻吟，害怕我自己的心灵。

　　这晚上余下的时间里，我们谁都没吐出过一句话。　因为痛苦如果十分巨大，人就会变成哑巴。　我们一直默默地似柱子一般坐着，都不想听对方说话，因为我们的两颗心脏已经衰弱，以至无声的呻吟加速了它的死亡。

　　到了半夜，静谧的恐惧增长了。　残缺不圆的月亮升上了天空，在群星中，好像是一个沉在黑色圈椅中、周围微弱的灯光摇曳的惨白的死者。　黎巴嫩像一位被岁月弄弯了背的老人，它被忧愁压倒了，在黑夜中如一个被逼退位的国王，坐在宫殿和宝座的灰烬中等待着黎明。　崇山峻岭和森林河流在变换着容颜，像人的面貌随着思想感情的变化而变化。　河边高耸的白杨树像美丽的新娘，和风拂弄着她的衣衫，如烟柱袅袅上升到无限的天际。　正午端坐的巨石像有力的强者，讥笑灾难，在晚间却似一个悲哀的穷人，躺在湿土上，以天作被。　我们在早晨看到的小溪波光粼粼，听到它吟咏着永恒的歌；在晚间，我们却看到它在泪流，从谷地渗出，我们听到它呼号，像丧子的母亲。　一周来的黎巴嫩，呈现了全部的威严和光彩；可在那一晚，黎巴嫩显得沮丧，筋疲力尽。　在月光下，那么孤独，那么内心柔弱。

　　我们站起来告别，在我们之间的爱情和沮丧似两个巨大的幽灵：一个张开双翅，飞临我们头顶；另一个伸出利爪，掐住我们的脖颈；这个恐惧地大哭，那个讽刺地大笑。　当我抓起萨勒玛的手放到嘴唇上以示祝福时，她贴近我，亲吻我的头发，随后又坐在木椅上，闭上眼睛，慢慢又低声地说：

"请怜悯，主啊，让所有被折断的翅膀强壮起来吧。"

我离别萨勒玛，从花园中走出时，感到浓密的帐幔蒙住了我的感官，如同浓雾盖住了湖面一样。我走了，路旁的树影在我前面晃动，仿佛幽灵从地缝中钻出恐吓我。惨淡的月光在桦枝间闪烁，似乎以在天际飞翔的灵魂化作羽毛的箭矢向我的胸膛射来。深沉的寂静笼罩了我，它像沉重的手掌把我的身体击倒到黑暗之中。

世界上的一切，生活中全部的意义，心灵中的所有秘密，变得丑陋、可怕；而使我见到世界之美和万物之乐的理想光芒，变成了燃烧我的肺腑、以烟雾遮盖我心灵的熊熊大火。从前拥抱万物之音的乐曲，成为神曲的旋律，在那一刻，变成比狮吼和深渊里的呼叫更可怕的喧闹。

我走进自己的房间，像被猎人击中的小鸟倒在床上。我的心智一直徘徊于可怖的清醒和不实的睡眠中。我的灵魂一直重复萨勒玛的话：

"请怜悯。主啊，让所有被折断的翅膀强壮起来吧。"

在死神座前

　　在我们这个时期的婚姻是一桩既可笑又可悲的买卖,由青年和少女的父亲掌管。 在大多数国家里,青年人盈利,父亲们常常亏本。而像货物一样被搬来搬去的少女,失去了她们的欢乐,如古老的财产,她们的命运在家庭的角落——黑暗里慢慢地死亡。

　　现代文明稍稍发展了妇女的智力,但是由于男人普遍的贪欲,她们的痛苦更甚。 昨天的妇女是幸福的女仆,今天却变成了悲惨的女主人;昨天,她是行走在白昼光明中的盲女,今天,却变成夜间黑暗中的明眼人。 过去,她因无知而美丽,因天真而贤惠,因软弱而强大;现在,她因多才多艺而变得丑陋,因感知而变得浅薄,因睿智而缺乏意志。 妇女会有朝一日集美丽和知识、贤惠和多才多艺于一身吗? 她会有朝一日身体虽弱而意志坚强吗?

　　我属于说这种话的人:灵魂的升华是人类的律法,接近完美是缓慢但却有效的法律。 如果说,妇女因什么而进步了,又因什么落伍了,那是因为我们在攀向峰顶的过程中遇到许多强盗窝和狼穴这样的障碍。 在这座睡醒前的迷糊之山上,在这座攥紧过去历代土壤和未来时代种子的山上,在这种爱好和愿望并存的奇山上,有许多妇女,而妇女的存在象征着未来的女儿。

　　萨勒玛·凯拉迈在贝鲁特是古老的东方妇女的象征。 她像许多生活在现代的人们一样,成为古代的牺牲品,如被洪水冲走的花朵,走向苦难生活大军中的悲哀。

　　曼苏尔·贝克·加里布同萨勒玛结婚后,一起住在贝鲁特角海边一座大宅院里,那里是名流富贾聚居地。 这座宅院在花园苗圃之中显得孤零零的,仿佛羊群中的牧人。 婚礼举行之后,过了几个欢乐之夜。 在过完被人称为蜜月的时光之后,接下来就是好几个月的辛酸和痛苦，如同战争的荣耀留下了旷野中的战死的骸骨。 东方婚礼之浮华，把青年男女的精神升到如同飞入云雾深处的雕鹰那样高，随后又把他们急速地下降，似磨石砸向海底一般。 这如同在沙滩上留下的脚印，很快被潮水抹掉。

春去夏至，接着是秋天，我对萨勒玛的爱逐步上升。 这爱从一个处于生命之晨的青年思念俏丽的女人，升华为一个孤苦的青年对于生活在永恒世界的母亲的灵魂的无声崇拜。 占有我全部身心的钟情已转变为只有心灵才能看见的盲目的悲哀，原来使我眼里泪水打转的迷恋成为从心里榨血的神魂颠倒，充满我全身的思念的呻吟变为我灵魂面对上天的深沉祈祷——请求赐给萨勒玛以幸福，给她丈夫以欢乐，给她父亲以安宁。

但是，我的关切、祈祷和请求都是枉然，因为萨勒玛的苦难是内心的疾病，除了死亡它不会痊愈。 而她的丈夫是属于那些不劳而获，拥有生活的全部舒适还不满足，还总想觊觎不属于他的财产的人。 这种人受到愿望的折磨，直至生命的最后一刻。 我徒劳地希望法里斯·凯拉迈安宁，因为他的女婿刚刚同他的女儿结婚，得到了她的巨额财产，便忘了岳父，将其弃之一旁，甚至还盼他早死，好把那份遗产据为己有。

曼苏尔·贝克同叔叔穆特朗·保尔斯·加里布极为相似，品行如出一辙，一个心灵是另一个心灵的翻版，两者的差别仅在于虚伪卑劣的程度。 穆特朗用紫色的服装作为掩护，去实现自己的愿望；靠着挂在胸前的金十字架的庇护，满足自己的奢求。 而他的侄子干起来更加明目张胆和不加掩饰。 穆特朗早晨去教堂，在那里消磨一整个白天，以从孤儿寡母和心地单纯的人们那里攫取钱财；而曼苏尔·贝克则整天寻欢作乐，在阴暗的小巷里同那些腐朽的心灵纸醉金迷。

穆特朗站在祭坛前，向信徒们宣讲那些他自己并不接受的教义，一周中花几天时间在国家的政务中；而他的侄子，整天同那些想从他叔叔那里混个一官半职的人讨价还价。 穆特朗是夜行潜藏的小偷；而曼苏尔·贝克是在光天化日下张扬的强盗。

人们就是这样像丧命在狼的利齿和屠夫的刀斧之下一样被小偷和强盗杀死了。 东方民族也就是这样|向具有扭曲心理和腐朽道德的人们屈服了，向后倒退了，最终落入低层。 时光荏苒，遭时光抛弃的人，犹如铁锤下的瓷器……

我的天，是什么让我这样洋洋洒洒地谈论痛苦而艰辛的民族？ 我已经描述了一个悲惨女子的故事，叙谈了一颗心的幻想。 为什么它尚未品尝到爱情的欢乐，就被忧愁击倒了呢？ 为什么我的眼眶里总是热泪满盈，为受欺压的无名人长吁短叹？ 我的眼泪已经为一个软弱的女人流尽，她不曾拥抱生命就被死神裹走。 可是，这个软弱的女人不正是被压迫民族的象征吗？ 受到心灵爱恋和身体束缚的痛苦折磨的女人不正是受到统治者和神父摧残的民族吗？ 将那俏丽的少女推向坟墓的黑暗之中的冥冥之力，不正是将人民的生命埋入土中的暴烈的狂风吗？ 妇女在民族里的地位，正如油灯发出的光亮，如果油灯里的油不满，光亮不就微弱了吗？

秋天过去了，秋风把树上的黄叶一扫而光，就像暴风雨把海上的浮渣清除干净一样。 冬季呼号和哭泣着来临了，在贝鲁特，我没有伙伴，只有心中的梦有时冉冉升起，一直把我送到星星那里，有时则带我沉到地底。

悲哀的心从孤单和独居中寻求安逸，如同受伤的羚羊远离羊群，藏进洞里，或是痊愈，或是死去。

有一天，我听说法里斯·凯拉迈病了，我便去看望他。 我走在一条掩映在橄榄树丛中的小路上，橄榄树的树叶因雨滴而绘上了彩色。 那条小路离车水马龙、声音嘈杂的大路很远。

我到老人家中后，进去看见他躺在床上，身体虚弱，脸色苍白，肤色发黄。 他眼窝深陷，像是两个漆黑的深坑，闪现着病恹恹的痛苦。 以往舒展而喜悦的容貌收缩了，变成了灰色、满是皱纹。 原先那双仁慈和柔软的手已经消瘦，青筋毕露、皮包骨头。

我走近他，询问他的情况，他转过瘦弱的脸对着我，颤抖的双唇露出一丝苦笑。 他声音十分微弱，仿佛是从隔壁房间透过墙壁传送过来似的：

　　"你去呀，去吧，我的孩子，去那个房间，擦去萨勒玛的泪水，平息她的恐惧，然后把她带到我这里来，坐在我床边……"

　　我走进隔壁房间，见萨勒玛倒在椅子上，头埋在胳膊中，脸埋在枕中，免得父亲听见她的痛哭。我缓缓地靠近她，以近乎叹气的声音悄声喊着她的名字。她像被噩梦惊醒的人不安地动了一下，用僵滞的目光瞥了我一眼，如同见了幽灵一般，不敢相信在这个地方见到的真是我。

　　我们谁都没有说话，这深沉的静默把我们拉回到曾经陶醉过的那神奇的时刻。过了一会儿，萨勒玛擦去泪水，悲伤地说道：

　　"你见到岁月是如何变化的了吧？你见到时间怎样使我们迷失了吧？它把我们引进了这令人毛骨悚然的洞穴之中。春天让我们在这里相聚在爱情的把握中，现在，还是在这里，冬天却让我们面对死神宝座。那白昼多么光辉，这夜晚多么阴森。"

　　她说这些话时，痛苦到了极点。随后，她稍稍平息了下来，用手蒙住脸，好像对过去的回忆已经具体化了，就站立在她面前，而她却不想看它。我的手放在她的秀发上，我说道：

　　"来吧，萨勒玛，来吧，让我们像灯塔一样迎着风暴屹立。走，让我们像面对敌人的战士，用胸膛而不是后背迎着敌人的刀剑。假如我们失败了，就似烈士般死去；假如我们胜利了，就似英雄般活着……心灵面对艰难困苦的痛苦，比倒退到安宁和舒适是更崇高的消遣。因扑火而焚死的飞蛾，比起在漆黑的隧道里安宁的长生要高贵。承受不了冬天的严寒和自然界的风吹雨打的果核，也绝享受不到四月的欢欣……来吧。让我们走，萨勒玛，以坚定的步伐迈上这崎岖的道路，睁开眼睛向着太阳，不看那些岩石上的尸骨、潜伏在荆棘中的毒蛇。假如我们因恐惧而停在半路，夜间幽灵就会让我们听见讥笑和嘲讽的呼叫；当我们勇敢地到达顶峰，天上的灵魂也会吟唱胜利和凯旋的乐曲

　　"请放宽心，萨勒玛，擦干你的泪水，藏起你面容上的悲哀，让

155

Khalil Gibran

我们动身，坐在你父亲的床边，因为他的生命来自你的生命，他的痊愈全靠你的微笑。"

她向我投来充满柔情、怜悯的一瞥，然后说道：

"在你的眼睛里充满悲哀和失望时，你却要我忍耐和等待吗？饥肠辘辘的人会把自己的面包给别的饥饿者吗？一个病入膏肓的人会向另一个病人解释治病医方吗？"

不久，她站起来，低着头，从我面前经过，去了她父亲的房间。我们坐在老人的病榻旁，萨勒玛强作欢颜，假装心情平静，他也表现出舒服和有力的样子。 但他们每个人都感觉到对方的痛苦和软弱：一个处于病危中的父亲为女儿的悲哀变得更为虚弱，一个爱心笃然的女儿为父亲的重症痛苦得愈发憔悴。 一颗逝去的心灵同一颗悲伤的心灵面对爱情和死亡紧紧相拥。 我在这中间，承受着自己的痛苦，同时也承受着他们的悲哀。 三个人，在命运的手中相聚。 命运之手握得更紧，最后把他们全都粉碎：老人代表着被洪水冲垮的古老之家；恰似晚香玉的少女，被镰刀的利刃割断了脖颈；如一棵小树的青年，被冬雪压弯了枝干。 我们全都是世道的玩物。

老人此刻在被子里动换了一下，向萨勒玛伸出枯瘦的手，以一个父亲所有的全部细腻和仁慈之情，忍受着一个病人所能承受的最大痛苦，向她说道：

"把你的手放在我的手里，萨勒玛。"

她伸出手，让他握住。 他柔和地握着，并且说道：

"我已经够了，孩子。 我活得很久了，品尝了四季的结果，享受了白昼黑夜。 儿时我追随着彩蝶，青年时拥抱了爱情，中年聚敛了财富。 在所有这些回合中，我都是幸运和欢愉的。 你还不到三岁，萨勒玛，你就失去了母亲。 但是，她把你，一笔昂贵的财宝，留给了我。 你如新月一样飞快地长大，你的脸上总有你母亲的影子，就像星星映在平静的湖面上一样；她的品格都体现在你的言行上，一如薄薄的面纱后面的金首饰闪烁光芒。 孩子，因为你，我才有了安慰，你像她一样俊逸睿智……

"现在，我已垂垂老矣，老年人的舒适就在死神柔软的翅翼之中。你可以满足了，孩子，我活下来是为了能见到你是一个完美的女人；你高兴吧，因为我死后，会因你而永生。我现在离去，同我今后离去是一样的。我们的生命像阳光下的秋叶一般，纷纷坠落，四处飘散。假如时间让我快一点去永恒世界，那就是因为它知道我的灵魂急于同你母亲相遇。"

他说最后几句话时，音调是那么甜润、柔和与充满希冀，在他紧皱的面容上露出了只有儿童才有的那种光彩。他伸手向枕头下面，摸出一个镶有金边的旧照片。由于天长日久的抚摸和亲吻，边角已经发软，颜色也发暗了。他目不转睛地望着照片说：

"挨近些，萨勒玛，离我再近一些，孩子，我给你看看你母亲的样子。来，看看她映在纸上的样子。"

萨勒玛边擦眼泪——免得看不清照片——边挨近父亲，久久地凝视着，仿佛它是一面映出各种意义的镜子。她一次又一次地亲吻着，然后动情地大喊：

"妈妈！妈妈！妈妈！"

她没说任何别的话，就又把照片举到唇边，仿佛要让自己哆嗦的嘴唇发出的热气使母亲复生……

人类嘴里说出的最为甜美的字眼是"母亲"，最美的称呼是"我的母亲"。这既小又大的词，充满着希望、爱和感情，以及人内心的仁慈和甜美。母亲是这个生活中的一切，是对忧愁的安慰，给沮丧以希望，给软弱以力量。它是怜悯、同情和宽容。失去了母亲，就是失去了主心骨，头颅失去了支撑，失去了保护……

大自然的一切都象征和述说着母性。太阳是以自己的热量哺育大地的母亲，它以光明拥抱地球；只有当大地在大海波涛的节奏下，在飞鸟和小溪的吟唱中入睡后，它才转移自己的光芒。大地是树木花草的母亲，它生育了它们，哺育了它们。树木花草也就是可口的果实和生机勃勃的谷粒的仁慈的母亲了。在宇宙中，一切的母亲是充满美和爱的永恒的绝对的灵魂。

萨勒玛·凯拉迈不了解自己的母亲，因为她很小的时候，母亲便逝世了。当她见到母亲的照片，便十分动情地大叫"妈妈"！她是不由自主地喊出了"妈妈"这个词。这个词隐藏在我们的心间，就如地球心脏中的原子核。这个词在我们悲哀、欢欣的时刻，由嘴里进出，如同玫瑰和馨香在晴天和雨天弥漫天空。

萨勒玛凝视着母亲的照片，深情地亲吻它，又把它抱在起伏不停的胸前。后来，她叹息着，呜咽着，最后休克倒在地上，不省人事地靠在久病的父亲床边。他两手抚摸着她的头，说道：

"我让你看看你母亲在纸上的样子。现在你听着，我把她的话告诉你。"

萨勒玛醒来，像鸡窝里听见母亲翅膀扇动的声音而昂起头的小鸡一般，抬起头，望着父亲，聆听着，全身心都变成了眼睛和耳朵。

她父亲说道：

"当你母亲失去她年迈的父亲时，你还是个吃奶的孩子。我为此而理智有节制地哭过，但她刚从父亲的坟墓前回家，就挽着我坐在这间房间里，我摸着她的脸颊。她说道：

"'我父亲死了，法里斯。你在这里，就是对我的安慰。心里的感情如同雪杉的枝杈，假如雪杉树失去了一枝大枝，会很痛苦，但不会死，而是将那一部分生命力转向旁边的枝杈，让自己长得更高，填补断枝留下的空当。'这正是你母亲在她父亲死后说的话，萨勒玛，也是当死神把我的身体带往坟墓的舒适、而我的灵魂接受上帝的庇荫时，你应该讲的话。"

萨勒玛悲痛地回答：

"我母亲失去她父亲后，你还健在，陪伴她。父亲，如果我失去了你。谁陪我呢？她父亲死了，她还有一个爱她、有德和忠实的丈夫；她父亲死了，她还有一个衔着她奶头、搂着她脖颈的女孩。父亲，假如我失去了你，留给我的是谁呢？你是我的父亲，我的母亲，我儿时的伴侣，青春时的教师，如果你离我去了，有谁能代替你呢？"

她说着，就泪眼涟涟地望着我，用右手抓住我的衣角。 随后她又说道：

"我只有这个朋友了，父亲。 假如你撇下我，只有他留下陪伴我了。 我会以他为安慰，而他也像我一样痛苦呵，破碎的心能从破碎的心那里得到安慰吗？ 悲哀的人如被折断的翅膀的鸽子不能飞一样，对邻居的悲哀无能为力。 他是我心灵的伴侣，可是我的悲痛已够他负担的了，以致压弯了他的背；我的前车之鉴刺瞎了他的双眼，他只看得见黑暗一片。 他是我所爱的兄长，他也爱我。 但是，他如所有的兄长一样，只能同妹妹共患难，而不能减轻灾难；只能以哭泣帮助，这更增加了眼泪的苦涩和内心的焦虑。"

我当时听萨勒玛讲话，我的感情激动，感到胸闷，以至觉得五脏几乎要爆炸。 而老人看着她，瘦弱的身躯慢慢地下垂，劳累的心如迎风的油灯摇晃发抖。 他伸出双臂，说道：

"让我平安地走吧，孩子。 我的眼已经瞥见了云霄以外，我不会再回头看这些洞窟了。 让我飞吧，这铁囚笼已不再束缚我的翅膀……你母亲在呼唤我，萨勒玛，你别拦住我……风正顺，海面上的雾已散，船张起了帆，我准备好动身了；别让我停下，别拿走船上的舵。 让我的躯体同那些已长眠的人们长眠，让我的灵魂苏醒，因为晨曦已露，梦想已完……用你的灵魂吻我的灵魂……给我希望的一吻，别在我身上流上一滴悲哀的苦涩，别让草木和鲜花吮吸到那苦涩；别把绝望之泪洒在我手上，因为它会在我的坟上催生出荆棘，别在我的额头上用忧伤画出痕迹，因为魔风拂过，读到它的话，就不会将我的骨灰带往绿色的牧场……我以生命的名义爱过你，孩子，我将以死亡的名义爱你，我的灵魂将一直在你身边保护你，照顾你。"

老人转向我，眨了一下眼，我看见他的眼睛眯成了一条线。 死亡的寂静使他的话音变得微弱。 他说：

"至于你，我的孩子，就像你父亲待我那样，做萨勒玛的哥哥吧。 在她不幸时，守在她身边，永远做她的朋友。 别让她忧伤，因为忧伤亡灵，是过去历代人的错误之一。 让她听到欢乐的谈话，为她吟唱生命之歌，让她快乐，忘记……告诉你父亲，想着我。 问候他，告诉他我的岁月的末尾……对他说，我在生命的最后一刻，受到他儿子的看顾……"

他停了一会儿，话音仍缭绕在屋里的墙上。 他又望了望我和萨勒玛，低声说：

"你们别让医生延长我在监狱里受熬煎的时间，因为崇拜奴隶主的岁月已经过去，我的灵魂要求太空的自由。 你们别让神父来到我的床边，因为假如我错了，他的咒语，也不会赎我的罪过；假如我是清白的，他的咒语也不能使我很快到达天国。 人的意志改变不了上帝的意志，正如星相学家改变不了星星的运行一样。 在我死后，那就随医生的便，神父愿干什么就干什么好了。 喧嚣呼喊喧嚣，而航船将一直前进，直至岸边……"

在这可怕的夜半时分，法里斯·凯拉迈睁开沉静的临终痛苦的黑暗中的眼睛，那是最后一次睁开。 他转向正双膝跪在床边的女儿，想说些什么，但说不出来，因为死神将要饮干他的声音，他终于说出这些话：

"夜晚已去了……早晨来临了……萨勒玛……萨勒玛……"

他垂下头，脸色苍白，嘴角绽出微笑，死去了。

萨勒玛伸手摸摸父亲的手，发现它已冰凉，便抬起头望着他，看见他的脸已蒙上了死神的面纱，她身体内的生命停滞了，眼泪也干涸了。 她没动，没有喊叫，没有呜咽，用像雕像一般的眼睛僵僵地凝视着他。 她像一块破烂不堪的布被扯碎，浑身的骨架都散了。 她落到地上，额头着了地。 过了一会儿，她慢慢地说：

"请怜悯，主啊，让所有被折断的翅膀强壮起来吧。"

法里斯·凯拉迈死了，他的灵魂去拥抱天国乐园了。 他的躯体入了土，曼苏尔·贝克占有了他的钱财；他的女儿始终被悲伤俘虏，视生活为把恐惧展现眼前的巨大的悲剧。

而我仍然失落在梦幻和妄想之间，白天和黑夜交替地光顾我。如同兀鹰和猛鸷先后光顾猎物一样。 我有多少次试图靠书本忘却自我，也许我会从被时代席卷的人们的幻想中得到慰藉；我有多少次试着忘掉我的现在，以重读《圣经》，返回过去的时代舞台。 可是，这一切全都没有用，而且不啻以油灭火；因为我在历代行列中见到的尽是黑色幽灵，各民族的乐曲都是哀号和呜咽。 在我看来，约伯的经典著作比大卫的旧约诗篇要美，耶利米①的哀歌比所罗门之歌②要可爱，百尔麦克人③的挫折对我的影响要胜过阿拔斯人④的伟业。 伊本·泽利格⑤的诗比赫耶姆⑥的四行诗更有感染力，《哈姆雷特》比起所有西方人的作品更接近我的心。

　　就这样，绝望使我们的视力变弱，使我们只能看见我们可怕的幻影，就这样，沮丧让我们的耳朵失聪，我们只听得见自己慌乱的心跳。

Khalil Gibran

---

① 耶利米（约前 650 —前 575），专说是以色列四大先知之一。

② 所罗门公元前 10 世纪古代希伯来统一王国国王。 所罗门之歌，又名所罗门颂，内容为向上帝感恩的颂歌。

③ 古代波斯一大家族，在阿拔斯王朝时期出现过许多大臣。

④ 指阿拔斯王朝时期（750—1258），帝国繁荣，版图横跨亚、非、欧三大洲。

⑤ 伊本·泽利格（653—733），阿拉伯古代诗人，以讽刺和辩驳著称。

⑥ 赫耶姆（1040—1123），波斯诗人。 他在诗中敢于怀疑天堂的存在，蔑视权贵。

阿史特鲁特和耶稣之间

　　在贝鲁特四周的苗圃和小丘之间，有一座古代的庙宇，坐落在橄榄树、扁桃树和柳树掩映的一块白色巨石上。 尽管沿着马车道仅半英里之遥就可抵达那里，但很少有喜欢古迹、遗址的人知道它，就像在叙利亚，有许多东西被人遗忘了。 正因为这样，它才不被考古学家所注意，而成为劳顿不堪的心灵的隐居点，感觉孤独的人们的一处圣地。

　　走进这座奇怪的庙宇的人，看到东墙上有一个腓尼基女人的石刻像，时光的手指抹去了它的一些线条，四季为它着上了色彩，它是代表着爱情和美的女神。 她端坐在富丽堂皇的宝座上，四周有七个神态各异的裸女围绕。 其中一个手擎火炬，第二个抱着竖琴，第三个举着香炉，第四个抱着酒壶，第五个拿着一支玫瑰，第六个拿着一顶桂冠，第七个带着弓和箭，她们全都望着那女神——阿史特鲁特，露出谦恭和顺从的神色。

　　另一面墙上是又一番景象，反映的年代更近了，表现的是拿撒勒的耶稣，被钉在十字架上。 他身边是悲哀的母亲，梳着辫子的马利亚，还有两个失声痛哭的女人。 这拜占庭风格的图画，看来是公元五或六世纪所刻。

　　在西墙上，有两个圆孔，当下午四五点钟时，阳光从中射进屋里，照在两张画上，像是给它们镀了金。

　　在神庙中央有一块大理石，四四方方，四面都有刻痕和古代样式的徽记，有些已被风化，但可表明远古时代的人们在这块石头上宰牲，在那上面倾倒陈酿、香料和油类。

　　在这座小小的神庙中，只有深沉的寂静拥抱心灵，具有魔力的威严以其缄默揭示神的秘密，不出声地叙述过去各代人的来源——各国人民由一种状态转向另一种状态，由一种宗教皈依另一种宗教——吸引诗人远离今世，向往一个遥远的世界；说服哲学家承认人是宗教的产物，感觉没有见到的事物，想象并不存在的东西，于是按其感觉表现出各种象征，以其涵义证明内心的奥秘，于是用言语和乐曲、图画、雕塑——这些形式在生活中是最神圣的追求，在死亡中是最美好的思念——使其幻想具体化。

在这无名的神庙中，我同萨勒玛·凯拉迈每月会见一次。我们在那里流连好几个小时，注视着那两幅奇特的图画，忌念着在髑髅地被钉在十字架上几个世代受难的青年，召唤生活中恋爱的腓尼基少男少女进入我们的想象之中。这些青年男女用崇拜阿史特鲁特来崇拜美，便在她的塑像前焚香，在祭坛前倾倒佳酿，最后大地席卷了他们，只留下一个永恒世界下反复提及的名字。

现在，我很难用言语记述那些时刻——我同萨勒玛相聚的往事。那神圣的时刻充满了欢乐和痛苦，欣喜和悲哀，希望和沮丧；充满了使人成为人的一切，使生命成为永恒之谜的一切。我很难回忆，很难用言语描绘那时刻中的感觉，为爱和苦难的儿女们留下殷鉴。

只有我们在这古老的神庙里。我们背靠着墙坐在门槛上，反复回忆着我们的过去，探询我们现状的原因，担心我们的未来。后来，我们逐步深入地探究内心深处，都抱怨它的恐惧、忧心如焚、蒙受的忧伤和悲哀。随后，我们又一个安慰另一个，展现欢乐梦乡和幻想中的希望之心。由此，我们的担心有所减轻，眼泪也逐渐不流了，表情舒展了。我们在除了爱情与欢乐以外，把一切都置诸脑后，由衷地笑了。我们什么都不想，拥抱在一起，融化在怜爱和热恋中。萨勒玛纯真地亲吻我的鬓发，我顿时觉得心头亮堂。我吻着她的指尖，她闭上眼睛，垂下象牙般的颈项，两腮绯红，那红色犹如拂晓时分的第一缕阳光。我们默默无言，久久地凝视着遥远的地平线，那里晚霞映天，绚丽多彩。

我们的会见不限于交流感情，发泄怨言，而在不知不觉中转向大众事务；我们交换看法，互相阐述对这个奇怪的世界上各种事物的看法。 我们谈起读到的书中的真善美和假恶丑，以及它所包含的空想计划和社会原则。 萨勒玛谈到在人类社会中妇女的地位，以及历史上对妇女道德、爱好的影响，谈到我们这个时代的夫妻关系，以及与此有关的各种弊病和腐败现象。 有一次，我记得她这样说过：

"作家和诗人企图了解妇女的实际情况，但是，迄今为止，他们并不懂得她内心的秘密。 因为他们是从欲念的面纱后面注视她的，这样便看不到她身体的线条；或者把她放到歪曲的放大镜上，看到的只是软弱和屈膝投降。"

还有一次，她指着神庙墙上的两幅石刻像说道：

"在这块石头的中心，过去的人们刻下了表现妇女特性之精华的两种象征，企图反映她内心的爱情和悲哀，仁慈和牺牲。 安坐在宝座的阿史特鲁特和面对十字架站立的马利亚……男人获得荣耀、地位和名誉，但是，她们却是付出代价的……"

除了上帝和翱翔于园林上空的飞鸟群之外，没人知道我们的秘密会见。 萨勒玛总是乘坐马车来到帕夏公园约定的地点，然后沿着一条小路到达神庙，走进去，呆在荫凉处，总是显得坦然和安详。 她知道我在翘首等候，迫不及待地想尽快见面。

我们根本不怕有人监视，也不觉得良心上有什么歉疚。 因为心灵被火纯净了，用眼泪洗涤过了，不在乎人们所说的罪过和耻辱这类话。 我们的心已经挣脱了法律和传统规定的人类的感情应遵循的奴隶主义，昂首面对神的宝座。

人类社会已经屈服于腐朽的法律七千年了，实际上再也不能理解永恒的神圣律法的涵义。 人已经习惯于注视烛光微乎其微的亮光，而不能睁眼面对阳光。 历代的人继承了各种心理的疾病和弊端，以致它们十分普及和广泛，甚至成为人的自身特点。 人们不仅不认为那是缺陷和弊病，而且把这些看作是上帝降赐给亚当的崇高的自然的习性。 如果有谁表现出这种习性，便被人们认为是灵魂完美的自然残缺。

至于那些将指责萨勒玛和因她扔下合法丈夫的家而企图玷污她的

名声的人们，是颠倒是非、虚弱的病人。他们还是在黑暗中蠕动、害怕到光天化日之下、免得遭人践踏的昆虫。

　　能够摧毁牢狱围墙的受欺凌的囚犯，如果不去行动，那就是懦夫。萨勒玛是一个受欺凌的女囚，没能被释放，就能因为她从监狱的窗户里向外张望绿色田野和广阔的天空而责备她吗？人们难道就因为她从曼苏尔·贝克·加里布家来到神殿，坐在神圣的阿史特鲁特和受十字架刑的巨人之间，就称她为叛逆吗？人们爱说什么就说什么去吧！萨勒玛已经超越了淹没我们灵魂的泥沼，抵达狼嚎蛇啶不及的那个世界。随人们怎么想我们吧！见到过死神面孔的心灵，不惧怕小偷面孔；经历过利剑高架在头顶、脚下血流成河的士兵，不在乎小巷里扔石块的顽童。

Khalil Gibran

牺　牲

166

六月末的一天，海滩上的热浪已步履沉重，人们纷纷到山顶上去。 一如往常，我应心约，去神殿会见萨勒玛。 我带了一本那个时代的安达鲁西亚的二重韵诗集，我现在仍然受这本诗集的影响。

在下午四五点钟，我到了神庙后，便坐下盯着蜿蜒深入柠檬树林和柳树林间的一条小路。 我不时望着诗集的封面，对着太空，低声吟诵这些结构精巧、节奏分明的二重韵诗。 昔日帝王、诗人和骑士的业绩使我回到了过去。 他们告别了格拉纳达、科尔多瓦和塞维利亚，在宫殿和庙宇以及花园里撒下了他们精神中的一切希望和嗜好，然后消失在时代的面纱之后；泪水在眼眶内，悲哀在他们的心中。

过了一小时，我回头一望，只见萨勒玛瘦弱的身影轻盈地闪现在林间，向我走来。 她撑着雨伞，好像它承受了这世界上一切的苦难和烦恼。 她走到庙门口，挨着我坐下。 我凝视着她的双眸，看到了许多秘密，那是新奇的秘密，告诉我要多加小心，也引起了我探根求源的好奇心。

萨勒玛感觉到我的想法，不想让我猜测和疑惑太久，把手放在我头上，说道：

"挨近点，挨近点，亲爱的。 走过来，让我靠着你为我壮胆，我们永远分开的时刻到了。"

我大声喊道：

"你是什么意思，萨勒玛？ 有什么力量能永远分开我们？"

她回答道：

"那昨天分开我们的冥冥力量，今天又要分开我们。 人类法律无言的力量，以生命主宰之手在你我之间建起了一堵坚固的屏障。 创造魔鬼并让它们成为人们灵魂管理者的力量，已经注定我无法从建筑在骷髅和骸骨上的家中脱身了。"

我问她道：

"难道是你丈夫知道我们见面，你怕他生气和报复吗？"

她回答说：

"我丈夫不在乎我，不知道我怎样消磨时间。他忙于那些被贫穷引向人贩子市场的可怜少女，她们熏香、画眼影，以出卖肉体和血泪换取面包。"

我便说道：

"那么，是什么阻止你来到这座神庙，面对上帝的威严和古代人的幽灵坐在我身旁？难道你已厌烦观察我内心的深处，你的灵魂要求告别和分离吗？"

她泪珠晶莹地回答说：

"我的灵魂没要求你离开，因为你是它的一半；我的眼睛也不厌烦注视你，因为你是它们的光明。但是，如果命运注定我要经受生活的坎坷、带着手铐脚镣走路。那你同我一样的运气，我会心安理得吗？"

我便说道：

"说吧，萨勒玛，把一切都告诉我，别让我在这些莫名其妙的事情当中晕头转向吧。"

她说道：

"我不能说出一切，因为我的舌头被痛苦弄得说不出话，我的嘴唇被沮丧搞得动不了。我能向你说的就是我担心你落入那些人设下的圈套。他们已经抓住我了。"

我问：

"你是什么意思，萨勒玛？你所担心的那些人是谁？"

她蒙住脸，恐惧地呜咽着，迟疑地说：

"穆特朗·保尔斯·加里布已经知道我每月从他为我设置的坟墓里出来一次。"

我说：

Khalil Gibran

"难道穆特朗已经知道你在这个地方和我会面？"

她回答：

"他若是知道了，那你现在就见不到我坐在你身边了。 但是，他怀疑了，总是在疑神疑鬼。 他派人监视我，让仆人侦察我的行踪。 我感到我所住的寓所，我所走的路上，有许多眼睛看着我，许多指头指戳着我，许多双耳朵倾听我思想的低语。"

她停了一会，泪流满面，补充道：

"我并不为我自己惧怕穆特朗，因为溺水者不怕潮湿；我是为你担心，你似阳光般灼热，我怕你像我一样落到他们手中，被他们撕碎。 我不怕时光，它已把所有的箭射进了我的胸膛；但我担心你——正处于青春时代的青年——被毒蛇蜇了你的脚，你停下攀登峰顶的脚步，而峰顶正是你的欢乐和荣耀之所在。"

我辩解道：

"不被白昼毒蛇蜇、不被夜晚的海狼咬的人，始终受白昼黑夜的诱惑。 不过，你听我说，萨勒玛，请好好地听我说。 除了分开，免得受人们蔑视和恶意中伤，我们就没有别的出路了吗？ 难道我们面前的爱情、生活和自由之路已被堵死了吗？ 只能向死神奴隶的意愿投降吗？"

她悲痛地回答说：

"我们只能分手和告别。"

我抓住她的手，思绪紊乱，青春之火烟消丢散。 我激愤地说：

"我们屈服于人们的意志已经很久了，萨勒玛，我们相遇的那一刻至今，我们被瞎子引导，向他们的权势像跪拜。 自我认识你以来，我们就在穆特朗·保尔斯·加里布的掌握之中，像两个球，被他随意玩弄。 难道我们还要继续服从下去，注视着他的暴虐，最终进入坟墓，被大地吞没吗？ 难道上帝赐予我们生命的气息，是要它被置于死神的脚下；给予我们的自由，是要它作为奴役的影子吗？ 谁亲手熄灭自己的心灵之火，那就背叛了点燃它的上苍；谁忍耐欺压，不抗拒暴政，就成为反对真理的虚妄之友，残杀无辜者的刽子手的帮凶。

我是爱你的，萨勒玛，我爱你！爱情是上帝交付给有感觉的博大胸怀的宝藏。难道我们把自己的宝藏扔进猪圈，让猪随便乱拱、蹄子乱踢吗？我们面前的世界是充满美好和奇异的广阔舞台，那我们为什么要住在由穆特朗及其助手挖掘的狭窄的壕沟里呢？我们为什么不将脖颈上的沉重锁链去掉，砸碎脚上的镣铐，走向舒适和安宁呢？请站起来，萨勒玛，让我们从这小神庙走向最伟大的上帝的神殿。来吧，我们离开这个国家及其奴隶主义和愚钝，去没有盗贼之手和恶魔气息的遥远的国度。来呀，让我们快一点，乘着夜幕，登上航船，驶向海外，在那里过上纯洁和相互理解的新生活，不让毒蛇的气息喷射到我们，也不让猛兽践踏我们。别犹豫，萨勒玛，这几分钟比国王们的桂冠更贵重，比天使的床笫更崇高。动身吧，让我们追随着光明之柱，它将把我们从干旱的沙漠带往百花盛开的芳香的花园。"

她摇摇头，双眸中有一种在那神庙的空中见不到的东西，嘴角露出一丝苦笑，表明在她内心是多么紧张和痛苦。随后，她缓缓地说：

"不，不，亲爱的，上天已把盛满醋和苦瓜汁的酒杯放到我的手上，我喝了一大口，只剩下不多几滴，我将强忍着喝下去，以看到酒杯底显现的奥秘。而充满友爱、安宁和安全的神圣的新生活，我是不配的；我承担不了它的欢乐和乐趣。翅膀被粉碎的飞鸟在石头间蠕动，但不能在天空飞翔；患眼疾的眼睛凝视那些细微的物体，但不能望着灿烂的光辉。

"别同我谈论幸福，提到它会使我悲哀沉痛，别再描绘快乐，因为它的影子像灾难使我恐惧……不过，请望着我，我让你看看上天在我心胸灰烬间点燃的神圣火炬……你知道，我如母亲疼爱独子般爱着你，这种爱教会我保护你，直到我的心灵深处。这种爱，经过火的洗礼变得纯净，现在它不让我跟随你去天涯海角，要我灭绝自己的感情和爱好，而让你自由而纯洁地活着，不受人们谴责和谗言的伤害。有限的爱要求占有被爱者，无限的爱则只要求其自身。在青春的清醒和瞌睡之间到来的爱，以相遇、联系为满足，靠亲吻和拥抱去发展。 而诞生于无限怀抱中的爱，同夜晚秘密一起降临的爱，只满足于永恒，对于非永恒的一概不满足，只有在一种神性面前才威严地停留……

"当我昨天得知穆特朗·保尔斯·加里布想阻止我走出他侄儿的家门，剥夺我自结婚以来唯一的欢乐后，我站在窗前，望着大海，思索着海外的幅员辽阔的国家、道义上的自由和个人独立，我的心灵想象着同你生活在一起，受到你灵魂的庇佑，沐浴在你的感情中。 这些梦想，它照亮被欺压的妇女，并使她们反对无价值的传统，让她们生活在真理和自由中；但是，它刚掠过我的心头，就使我自惭形秽，感觉自己软弱。 我认为我们的爱情是虚弱和有限的，无法立于光天化日之下。 我哭了，如失去王位的国王，像失去宝库的富翁。 不过，我很快透过泪珠看见了你的脸，发现你正注视着我，便想起了你有一次对我所说的话：

"'走吧，萨勒玛，让我们以胸膛迎着敌人的刀剑，假如我们失败了，就似烈士般死去；假如我们胜利了，就似英雄般活着。因为心灵面对艰难困苦的痛苦，比退向安全和舒适之地更崇高……'

"这些话是你对我说的，当时正是死神振翅在我父亲的床第四周，我昨天又想起了这些话，绝望的翅膀正在我头顶扑打。 我鼓起勇气，振作精神，身处黑暗牢房，我感到一种轻视灾难、蔑视忧愁的精神自由。 我认为我们的爱深如大海，高如星宿，浩如天际。

"我今天来见你，在我痛苦憔悴的心灵中有一种新的力量，牺牲重要的事以赢得更重要的事的动力，即牺牲我接近你的幸福，使你成为人们认可的尊贵的人，远离他们的背叛和压迫……

"我昨天来到这个地方，沉重的镣铐还锁着我虚弱的双脚，而今天，我来时感到藐视镣铐沉重的豪迈，路途那么近便。 过去我来时像恐惧的半夜来临的幻影；今天我来，则像充满生气的女人，了解牺牲的必要，懂得痛苦的价值，希望保护她所爱之人不受蠢人欺负，这一切都发自内心。

"我昨天面对你坐着，恰如颤抖不已的阴影；今天我来这里，为了让你看到面对神圣的阿史特鲁特和被钉在十字架上的耶稣的真正的我。 我是一棵生长在阴影中的树，今天它的树枝已舒展开，在白昼的光明中颤抖……我来这里为了同你告别，亲爱的，让我们的告别如我们的爱情一样伟大，让我们的告别如炼金使金子更加璀璨夺目的火。"

萨勒玛没有给我留下说话和辩解的余地，而且以晶莹闪烁的眼睛望着我。 那双眸中的光芒照亮了我的心，而她的容颜则蒙上了威严、庄重的薄纱。 她似女王，要我沉默和服从。 随后，她扑到我胸前，柔情万般，同刚才完全不一样。 她细腻的臂膀搂住我的脖颈，嘴唇紧贴在我的嘴唇上，久久地吻着，唤起我体内的活力，勾出我内心的许多秘密，使我称之为"我"的实际自我反叛整个世界，一言不发地顺从于被萨勒玛的内心视为支柱和圣坛的神圣规律。

日落西山，抹去了最后一缕映撒在花园苗圃里的光亮。 萨勒玛战栗着，站在神庙中央久久凝视着墙壁和角落，仿佛想把眼中的光芒倾倒在这石刻和标记上。 她稍微向前倾，双膝跪倒在被钉在十字架上的耶稣像前，连续数次亲吻他受伤的双足，嗫嚅道：

"啊，拿撒勒的耶稣，我选择了十字架，放弃了阿史特鲁特的欢愉和快乐，以荆棘代替月桂树冠。 我以自己的血和泪代替熏香和香料洗涤自身，吞咽了在原先装有多福河水和琼浆的杯中的苦汁。 请接受我成为你的下属，他们本身虽弱，因为你而变成了强者；让我去髑髅地同你饱尝战胜内心悲哀的幸运的选民一起行进。"

她站起身，转身对着我，说道：

"我现在欣然回到黑暗的洞穴，那里蛰伏着可怖的幽灵。 亲爱的，你不必担心我，也不用为我难过，因为见过上帝一面的心灵再也不怕魔鬼的影子；被天国之光照射一次的眼睛，这世界的疼痛不会让它闭上。"

萨勒玛披着绸袍离开了那座神庙，撇下我在那里茫然不知所措，思索着幻象世界，那里神明端坐，天使记录人们的作为，灵魂阅读着生活的悲剧，幻想之女吟咏爱情、忧愁和永恒之歌。

当我从这混沌迷醉中清醒过来时，夜色已经很深了，我还徘徊在花园中，追寻着萨勒玛所说的每句话的回响，在脑海中重现她的音容笑貌，一举一动。最终，我明明白白，这离别是真的，此后我将蒙受孤独之痛和思念之苦。我的思维僵滞了，心中的线条消失了，我第一次知道人——即使生而自由——将永远是父兄祖辈制订的法律之残酷性的奴隶。我们想象的苍天是神圣的秘密，是今天向昨日之源屈膝投降，是明天向今天的趋向屈服。

此后，我多少次地按照萨勒玛宁取死而舍生的心理规律思考着那一时刻；我多少次将牺牲的崇高置于叛逆者的幸福一边，比较它们之中哪一种更伟大和更美好。但是，我迄今为止只能理解一个真理，即真诚使得所有的实际变得美好和高尚。萨勒玛·凯拉迈不仅真诚，并且和蔼可亲，信念坚定并且身体力行。

救　星

　　萨勒玛结婚已逾五年，未生一子。尽管她同丈夫之间有着名义的关系，她总是以微笑想使两颗互相矛盾的心灵接近，像凌晨同拂晓相连那样。

　　不育的妇女到处遭人唾弃，因为个人主义向大多数男人描绘，生命的继续在于子女的身体内，这样他们便要求后代，以便他们在地球上永存。

　　市侩式男人是以这种眼光看待不孕的妻子的：看着她慢慢自杀，痛恨她，遗弃她，要她死，好像她是企图杀死他的不共戴天的敌人。曼苏尔·贝克·加里布就是犹如粪土的凡夫俗子，像铁一样严酷，像坟墓一样贪婪。他的愿望是让儿子继承自己的名气和权势，要儿子仇恨可怜的萨勒玛，他眼里的她的美德正是地狱般的缺陷。

　　长在山洞里的树结不了果，萨勒玛·凯拉迈在生活的阴影中，也就没有孩子。夜莺不在笼子里筑巢，免得将奴隶主义遗传给雏鸟。萨勒玛·凯拉迈是苦难的女囚，上苍没有把她的生命分成两个俘虏。谷地的花朵是阳光的感情和大自然的怜悯养育的子女，人类的子女是爱情和怜悯孕育的花朵。而萨勒玛·凯拉迈从未感受过怜悯的气息，同情的抚慰，在这个屹立在贝鲁特角海滨的显赫和富丽的家庭里没这种气息和抚慰。但是在夜深人静时，她哀求苍天赐给她一个孩子，她以玫瑰般的纤指擦干泪水，用眼睛的光芒驱逐她心中死神的幻影。

　　萨勒玛痛苦地祈祷，直至天空充满了祷词和赞美；她哀告和求助，直至她的呼叫驱散了乌云。苍天听见了她的呼吁，在她体内撒下香甜可口的令人陶醉的乐曲，在她结婚五年之后，让她成为母亲，抹去了她的屈辱和羞耻。

Khalil Gibran

生长在山洞里的树，开了花，结了果。

被囚禁在笼子里的夜莺有了兴趣，用自己翅膀上的羽毛筑巢。

被扔在脚下的琴被放在东风口，让阵阵和风拨动剩余的琴弦。

可怜的萨勒玛·凯拉迈伸出被链子锁住的双手，接受上天的赐予。

在生活的欢乐中，没有能同不孕的妇女受永恒规律的支配而成为母亲的欢乐相比的了。 在春天苏醒中的全部的美，在拂晓来临时全部的欢乐，都汇集于先是被上帝禁止然后又得到上帝给予的妇女身体内了。

没有比被囚禁在黑暗的内脏里的胎儿发出的光芒更灿烂和光辉的了。

在萨勒玛分娩时，四月已在山坡和洼地中流动了。 大自然陪伴了它，同它相约，它携着百花，以温热的襁褓包裹着草地和芳香植物。

等待了几个月，萨勒玛等待着得救，仿佛旅行者观察启明星的出现一般。 她从泪眼后注视着未来，见到未来闪烁，常常是某些黑色的东西出现了，并且在泪珠中闪烁发光。

一个晚上，在黎巴嫩角的这些家庭中，黑暗的幽灵在游荡。 萨勒玛倒在接生和痛苦的床上，死神和生命在她床前搏斗起来。 医生和助产士站在那里，要给这个世界带来一个新客人。 过路人的动静平息了，大海的波涛声变弱了，在这个街区只有曼苏尔·贝克·加里布家的窗户里传出大声的喊叫……是生命脱离生活的喊叫……是渴望生存在这一无所有的和贫困的世界的喊叫……是面对无限力量的静默的人类的有限力量的喊叫……是倒在死神和生命两个巨人脚下的虚弱的萨勒玛的喊叫。

黎明时分，萨勒玛生了一个儿子。 她听到新生儿的啼哭声，睁开了被痛苦蒙住的双眼，环顾四周，见到了表示祝贺的许多张面孔……当她再次睁眼时，看到生与死仍在床第前搏斗，便仍闭上眼，第一次叫道：

"我的儿。"

助产士用丝绸包裹着婴儿，放在他母亲的面前，医生一直忧郁地望着萨勒玛，不时地默默地摇着头。

欢笑声吵醒了邻居，他们穿着睡衣祝贺那位父亲新得贵子。医生仍然悲哀地望着那位母亲和她的婴儿。

仆人快步走到曼苏尔·贝克那里报喜说后继有人，手里捧满了主人给的礼物。那个医生还痛苦地望着萨勒玛和她的儿子。

当太阳升起时，萨勒玛让孩子挨近乳房，他第一次睁开眼，注视着她的眼睛，随即抽搐起来，最后闭上了眼睛。医生走过来，从她怀里抱起孩子。医生的面颊上滴下两颗大泪珠，悄声说道：

"他是个来去匆匆的过客。"

新生婴儿夭折了，而街区的人还同那位父亲在大厅里欢谈，为长寿干杯。可怜的萨勒玛盯着医生，大声说：

"把孩子给我抱一抱。"

她说完之后，再次凝视着，看见生与死正在床前搏斗着。

婴儿夭折了，碰杯声、啜饮声随着客人们的欢呼声变得更响亮了。

孩子随着拂晓降生，随着日出夭折。哪一个人能量出时间，告诉我们从拂晓到日出的时间是各民族出现到消亡的时间中最短的时间呢？

孩子如思想，像喘息般死去，如影子一样消失。他让萨勒玛·凯拉迈品尝了母亲的味道；但是，他没能活着使她幸福，死神之手把他从她心里抹去了。

短暂的生命从夜晚的尽头开始，于白日的发端结束，像一颗露珠，是黑暗的眼睑流出的，被光明的抚摸擦干。

他是永恒规律说出的一句话，然后它后悔了，又让他回到永恒世界……

他是被涨潮冲向海岸的一颗星，退潮又把他送回大海深处……

他是生活花萼中绽出的晚香玉，但被死神的脚践踏了。

175

Khalil Gibran

他是萨勒玛期待到来的亲切的客人，但他刚到就走了，门刚刚打开便不见……

他是刚变成婴儿的胎儿，又变成了土——这是人的生活，也是各民族的生活，还是太阳、月亮和星星的生活——萨勒玛转眼望着医生，深切地叹了口气，大声说：

"把孩子给我抱一抱……把孩子给我抱一抱……"

医生垂下头，哽咽使他说不出话：

"你的孩子死了，夫人，请节哀珍重。"

萨勒玛大叫一声，随即一声不吭。过了一会儿，她微笑起来，面容舒展，似乎知道了以前不曾知道的情况。她缓缓地说：

"把我孩子的尸体给我，让他离我近些。"

医生把死婴抱过来，放在萨勒玛的怀里，她搂着孩子，扭脸望着墙，对墙说道：

"你来是为了把我带走，我的孩子。你来是为了给我指路，指出通向海岸的路。我在这里，孩子，你在前面走，让我们走出这座漆黑的山洞。"

过了片刻，阳光从窗户的缝隙中射进屋内，泼洒在床上两具僵硬的身体上，它俩被母性的威严守卫、死亡的翅膀遮掩。

医生哭着走出那间屋子。当他走到大厅时，祝贺者的欢庆变为喊叫和痛哭。而曼苏尔·贝克没有喊叫，没有叹息，没有流泪，没有说话，而是呆立着，像塑像一般。

第二天，萨勒玛穿着白色礼服入殓，被放进天鹅绒的棺材里。她的孩子以褪褓为殓衣，紧挨着母亲的怀抱。他的坟墓就是母亲的胸膛。

他们抬起在一个棺材里的两具尸体，送葬队伍动身了。我也在其中。他们不认识我，也不知道我心里想什么。

他们到达墓地，穆特朗·保尔斯·加里布站着讲话。神父在四周哼着歌，赞美上帝。在他们严厉和冷酷的面孔上，蒙上了一层空虚和漫不经心的薄雾。

当他们把棺材下到墓穴底部时，有人低声说：

"这是第一次见到在一个棺材里，两具拥抱在一起的尸体……"

另一个人说：

"她的孩子仿佛是为了带走她，为了把她从丈夫的欺凌和残暴中拯救出来，才来到这世界上的。"

有人说：

"你们仔细瞧瞧曼苏尔·贝克的脸，他望着天，眼睛像玻璃珠，好像不是在一天之内失去了妻子和儿子似的。"

有人说：

"以后他的叔叔穆特朗会再给他娶一个女人，更有钱，更强壮。"

神父们低声哼着，赞美着，直至掘墓人填满墓穴。此刻，吊唁的人一个接一个朝穆特朗和他的侄儿走去，安慰他们。我则独自站在那里，没有人安慰我这个灾难深重的人，好像萨勒玛和她的孩子不是我最亲近的人。

吊唁的人回去了，只有掘墓人还站在新墓旁，手里拿着铲子。我走过去，问道：

"你记得法里斯·凯拉迈的墓在什么地方吗？"

他看了我很久，才指着萨勒玛的墓说：

"我已把他的女儿平放在他的胸部上面，而我还把她的孩子放在她的胸部上；在这些上面，我给他们都埋上了土。"

我接着说：

"先生，也是在这个墓穴里，我埋下了我的心，你的胳膊多么强壮有力啊！"

掘墓人消失在柏树林中。我实在忍不住了，扑到萨勒玛的墓上，为她哭泣，为她哀悼。

图书在版编目(CIP)数据

草原新娘 /（黎巴嫩）纪伯伦著；关俪译. —北京：
中央编译出版社，2011.10
（纪伯伦全集）
ISBN 978 - 7 - 5117 - 0953 - 0

Ⅰ.①草…　Ⅱ.①纪…　②关…　Ⅲ.①散文诗—
诗集—黎巴嫩—现代　Ⅳ.①I378.25

中国版本图书馆 CIP 数据核字(2011)第 155515 号

草原新娘

出 版 人：	和　龑
策　　划：	韩慧强
责任编辑：	刘文利
责任印制：	尹　珺
出版发行：	中央编译出版社
地　　址：	北京西城区车公庄乙 5 号鸿儒大厦 B 座（100044）
电　　话：	(010)52612345（总编室）　(010)52612363（编辑室）
	(010)66130345（发行部）　(010)66509618（读者服务部）
	(010)66161011（团购部）　(010)52612332（网络销售部）
网　　址：	www.cctpbook.com
经　　销：	全国新华书店
印　　刷：	北京瑞哲印刷厂
开　　本：	880×1230毫米　1/32
字　　数：	120 千字
印　　张：	6　　插页：8
版　　次：	2011 年 10 月第 1 版第 1 次印刷
定　　价：	25.00 元

本社常年法律顾问：北京大成律师事务所首席顾问律师　鲁哈达
凡有印装质量问题，本社负责调换，电话：010 - 66509613